Über die Autorin:

Monika Felten (Jahrgang 1965) lebt mit ihrem Mann und ihren zwei Söhnen in einer norddeutschen Kleinstadt. Seit ihrer Kindheit hat sie mit Begeisterung Fantasy-Romane verschlungen und schließlich selbst zur Feder gegriffen. »Geheimnisvolle Reiterin« ist Monika Feltens erste Jugendbuchreihe bei Ensslin. Neben Fantasy-Romanen veröffentlicht sie Kurzgeschichten und regelmäßige Kolumnen in der Zeitschrift »Spielen und lernen«.
Aktuelle Informationen über die Autorin gibt es im Internet unter www.monikafelten.de

In der Reihe »Geheimnisvolle Reiterin« ist bereits erschienen: »Die Suche nach Shadow« und »Shadow in Gefahr«. Weitere Bände sind in Vorbereitung.

Monika Felten

Geheimnisvolle Reiterin

Gefangen im Elfenreich

ENSSLIN

Für meine Mutter,
die mir das Tor ins Elfenreich
stets offen hielt

Vignetten: Dorothee Scholz
Covergestaltung: INIT

Gesamtherstellung: Westermann, Braunschweig
Printed in Germany
ISBN 3-401-45129-4

Das große Ereignis

»Was ist denn da los?« Julia, die ihr geschecktes Pflegepony Spikey am Zügel über den gepflasterten Hofplatz des Reiterhofs Danauer Mühle führte, deutete verwundert auf den Eingang zu Frau Dellers Büro. Sie kam mit ihren Freundinnen Svea und Carolin gerade von der letzten Ferienreitstunde, die wegen des schönen Wetters auf dem weitläufigen Reitplatz der Danauer Mühle stattgefunden hatte. Jetzt waren sie auf dem Weg zum Viereck, um ihre Ponys abzusatteln.

»Keine Ahnung.« Carolin ließ Derry, ihr braunes Reitschulpony, anhalten, legte die Hand zum Schutz gegen die Sonne an die Stirn und zuckte ratlos mit den Schultern. Im schmalen Flur vor dem Büro der

Besitzerin des Reiterhofs drängten sich fast ein Dutzend Mädchen vor dem schwarzen Brett und redeten lebhaft durcheinander. Julia, Carolin und Svea waren zu weit entfernt, um mitzubekommen, worum es ging, doch den Gesten der anderen Mädchen war zu entnehmen, dass es aufregende Neuigkeiten gab.
»Vielleicht ein neuer Aushang?«, vermutete Julia und ging mit Spikey ein paar Schritte auf die Versammlung zu.
»Das werden wir gleich wissen.« In der Hoffnung, einen Blick auf den Grund der allgemeinen Aufregung werfen zu können, führte Svea ihr weißes Reitschulpony an Julia vorbei und reckte neugierig den Hals. Vergeblich, das Gewusel im Flur war einfach zu groß. »Hier, halt mal Yasmin.« Ohne Julias Antwort abzuwarten, drückte Svea ihrer Freundin die Zügel in die Hand und lief zum Eingang.
»Das kann dauern, bis sie wiederkommt«, murmelte Carolin und fuhr dann an Julia gewandt fort: »Also, ich hab keine Lust, hier auf Svea zu warten und mich von der Sonne grillen zu lassen. Ich bring Derry zum Viereck und sattle ihn ab.« Sie schnalzte mit der Zunge und das braune Pony setzte sich gehorsam in Bewegung.
»Warte, ich komme mit!«, rief Julia. »Los, Yasmin, los Spikey! Wir verziehen uns in den Schatten.«
Auch den beiden Ponys schien es an diesem Morgen viel zu heiß zu sein. Froh, endlich der drückenden Hitze zu entkommen, die nun schon seit Tagen über

Norddeutschland lastete, folgten sie Julia zum Viereck, das um diese Zeit noch im kühlen Schatten hoher Bäume lag.

»Wir fahren heute Nachmittag an den Strand«, verkündete Carolin, während sie ihre Reitkappe abnahm und sich den Schweiß von der Stirn wischte. »Meine Mutter hat noch zwei Tage Urlaub. Sie behauptet, bei den Temperaturen könne sie es nur an der See aushalten.«

»An den Strand? Das ist ja super.« Julia hielt Yasmin mit der rechten und Spikey mit der linken Hand fest. »So ein kühles Meereslüftchen könnte ich jetzt auch gut vertragen.« Sie blinzelte in die Baumkronen hinauf, deren Blätter schlaff und reglos herunterhingen, und seufzte. »Sieht aber leider nicht so aus, als ob wir heute Wind bekommen.«

»Soll ich dir die Halfter mitbringen?«, fragte Carolin, die mit Derry unterwegs zur Sattelkammer war.

»Gern.« Julia nickte und Carolin verschwand in der Sattelkammer. Die Halfter hingen gleich neben der Tür, sodass sie Derry nicht loslassen musste, der vor der Tür wartete. Gleich darauf kam sie mit den drei Halftern wieder heraus. »Ist Svea noch immer nicht zurück?«, fragte sie.

»Nein. Auch eine Art, sich vor dem Abhalftern zu drücken«, meinte Julia.

»Dann musst du wohl zwei Ponys versorgen. Hier ist schon mal Spikeys Halfter. Ich halte Yasmin fest, bis du ihn am Viereck angebunden hast.«

»Danke.« Julia öffnete die ledernen Riemen der Trense, legte Spikey das Halfter an und sah kopfschüttelnd zu dem Gebäude hinüber, in dem Frau Dellers Büro lag. »Es nützt nichts, die Sättel müssen runter«, sagte sie, während sie das Band am Viereck befestigte. »Die Ponys sind schon total verschwitzt.«
»Sagt mal, wisst ihr, was dahinten los ist?« Inzwischen waren auch die anderen drei Mädchen, die an der Ferienreitstunde teilgenommen hatten, ans Viereck gekommen und banden ihre Ponys fest. Kim, ein zierliches, elfjähriges Mädchen, das Anfang der Sommerferien den ersten Reitkurs belegt hatte, sah Julia fragend an. Sie hatte Mopsi, ein kleines weißes Shetlandpony, neben Spikey geführt und legte ihm ebenfalls das Halfter an.
»Nein, noch nicht«, erwiderte Julia, während sie sich mit den störrischen Verschlüssen von Yasmins Trense beschäftigte. »Aber Svea versucht es gerade herauszufinden.«

Eine Viertelstunde später hatte Julia beide Sättel in der Sattelkammer verstaut, die Gebisse ausgewaschen, die Trensen zurückgebracht, einen großen Eimer mit Wasser geholt und damit begonnen, die Ponys zu waschen.
Carolin, die Derry schon in die Box gebracht hatte, beobachtete grinsend, wie Julia abwechselnd Yasmin und Spikey mit einem nassen Schwamm zu einer willkommenen Abkühlung verhalf. »Warte, ich helfe

dir«, sagte Carolin und winkte mit ihrem Schwamm. »Ich wasche Yasmin und du Spikey.«
Julia tauchte ihre Finger in das Wasser und wischte sich mit der feuchten Hand über die Stirn. »Wenn die Ponys versorgt sind, fahre ich kurz nach Hause, hole meine Badesachen und dann gehts ab zum Schwimmen an den Horsterfelder See. So heiß wie heute war es schon lange nicht mehr.«
»Heute Abend gibt es bestimmt ein Gewitter«, warf Kim ein. »Meine Mutter sagt, wenn die Schwalben so tief fliegen, gibt es Regen.«
Die kleinen schwarz-weißen Vögel hatten ihre Nester wie jedes Jahr unter den Dächern der Ställe gebaut. Pfeilschnell schossen sie auf der Jagd nach Insekten in geringer Höhe über die Koppeln und verschwanden im Tor des Ponystalls, wo sie von ihren Jungen mit lautem Gezwitscher empfangen wurden.
»Ein Gewitter.« Carolin blickte sehnsüchtig zum Himmel. »Hoffentlich behält deine Mutter Recht. So ein kühler Regen wäre jetzt genau das Richtige. – Aber bitte erst, wenn ich vom Strand zurück bin.«
Alle lachten und Julia wollte gerade etwas erwidern, als sie jemand rufen hörte. Es war Svea.
»He, alles klar! Ich hab uns angemeldet!«, verkündete sie schon von weitem und strahlte ihre Freundinnen an. »Uns alle drei. Gut, dass ich hingegangen bin, die Liste war schon fast voll. Wenn wir später gekommen wären, hätten wir kaum noch eine Chance gehabt mitzumachen.«

»Angemeldet? Mitmachen? Wobei?« Carolin verstand kein Wort.
»Wovon redest du?« Julia ließ den Schwamm in den Wassereimer fallen und sah Svea verwundert an.
»Von dem Hoffest auf Gut Schleen!« Svea machte ein Gesicht, als erkläre das alles. »Na, klingelt es?«
»Nee, überhaupt nicht. Nun sag schon, was los ist«, erwiderte Carolin.
»Ich sag nur Mounted Games«, verriet Svea wichtig und verstummte. Sie wartete auf eine Reaktion. Doch die anderen verstanden immer noch nicht, wovon die Rede war.
»Mann, seid ihr schwer von Begriff.« In gespielter Verzweiflung erhob Svea die Hände. »Ich rede von dem großen Turnier, das alle zwei Jahre auf Gut Schleen stattfindet. Das kennst du doch, Carolin. Abfall sammeln, Ballonstechen, Becher versetzen, Slalomstaffel und so weiter – und ich habe uns drei soeben dafür angemeldet.«

Lavendra schöpft Verdacht

»Das Fohlen erholt sich erstaunlich schnell.« Die junge Elfenpriesterin, die gemeinsam mit der Mondpriesterin Lavendra die Stallungen der königlichen Elfenpferde betreten hatte, bückte sich lächelnd und strich dem kleinen Hengst, der ihr aus seiner Box neugierig entgegensah, sanft über die Nüstern. Von der schweren Krankheit, die ihn vor knapp fünf Tagen an den Rand des Todes geführt hatte, war so gut wie nichts mehr zu bemerken. Sein Blick war klar und das schwarze Fell schimmerte seidig wie zuvor. Allerdings war er noch sehr schwach und durfte nicht mit den anderen Elfenpferden auf die Weide. Die Heilerinnen hielten es für sicherer, ihn noch zu schonen und im Stall zu lassen.

»Ja, er macht sich«, murmelte Lavendra in einem Ton, der nichts über ihre wahren Gedanken verriet. Die oberste Priesterin des Elfenreichs war verärgert, dass auch ihr zweiter Versuch, das Fohlen aus dem Weg zu schaffen, fehlgeschlagen war. Trotzdem zwang sie sich zu einem Lächeln und streichelte das Fohlen ebenfalls. Der kleine Hengst schnaubte unruhig und wich ängstlich zurück, als sie ihn berührte.

»Was hat er denn?«, fragte die junge Priesterin ganz erstaunt.

»Staja-Ame hat in den letzten Tagen viel durchgemacht«, erklärte die Mondpriesterin und bedachte das Fohlen mit einem Blick, der nicht zu ihrer sanften Stimme passte. »Der Körper gesundet schnell, doch die Wunden, die seine zarte Seele davongetragen hat, werden lange brauchen, um zu heilen.« Sie verstummte und wandte sich um, weil an der Stalltür Schritte zu hören waren. »Ah, da kommt ja auch das Stallmädchen, das sich um das Fohlen kümmert«, bemerkte sie mit einem dünnen Lächeln.
Mailin, ein junges Elfenmädchen, das am Hof des Elfenkönigs als Pferdehüterin arbeitete, kam mit drei frischen Möhren in der Hand die Stallgasse entlang. »Mondpriesterin, es ist mir eine Ehre, dass Ihr persönlich vorbeikommt, um Euch über die Fortschritte der Genesung von Prinz Liameels Fohlen zu informieren«, erklärte sie förmlich, trat näher und legte die rechte Hand zum traditionellen Gruß der Elfen auf ihr Herz. Die folgende Verbeugung fiel knapp aus, gerade lang genug, um nicht geringschätzig zu erscheinen.
Lavendra tat, als hätte sie die offensichtliche Respektlosigkeit in Mailins Begrüßung nicht bemerkt. »Mailin, wie ich höre, hat der König dir den Titel ›Beria s'roch‹ verliehen und dich zur Patin Staja-Ames ernannt«, meinte sie kühl.
»Das hat er«, erwiderte Mailin stolz. Die Erinnerung an die feierliche Zeremonie, mit der ihr diese seltene Ehre zuteil wurde, jagte ihr auch jetzt, zwei Tage

nach dem Ereignis, einen Schauer über den Rücken.
»In Anerkennung der überragenden Leistung verantwortungsvoller Fürsorge, die die Pferdehüterin Mailin gegenüber Staja-Ame, dem Fohlen des Prinzen Liameel, bewiesen hat«, hatte der König gesagt, »ernenne ich sie heute zur ›Beria s'roch‹ – Beschützerin der Pferde – und übertrage ihr die ehrenvolle Aufgabe, als Patin für das Wohlergehen des königlichen Fohlens zu sorgen, bis mein Sohn alt genug ist, sich selbst um das Pferd zu kümmern und die Seelenverwandtschaft mit Staja-Ame einzugehen. Darüber hinaus wird es ihre Aufgabe sein, dem Prinzen, sobald er das dritte Lebensjahr vollendet hat, alles über Pferde zu lehren und ihn im Umgang mit ihnen zu unterrichten.«
Alle Pferdehüter hatten die Entscheidung bejubelt. Immerhin war Mailin es gewesen, die dem Fohlen des Prinzen das Leben gerettet hatte, indem sie im letzten Augenblick eine dringend benötigte Heilpflanze herbeigeschafft hatte.
Mailin selbst war überglücklich. Sie liebte das kleine schwarze Fohlen, das sie heimlich Shadow nannte, über alles. Die Aussicht, sich von nun an fast ausschließlich um Shadow kümmern zu dürfen, war überwältigend.
»Du hast uns noch immer nicht berichtet, wo du die Heilpflanze gefunden hast.« Lavendras eindringliche Stimme ließ Mailins Erinnerungen an den wundervollen Augenblick jäh verblassen.

»Ich habe alles gesagt, was ich weiß«, erklärte Mailin mit fester Stimme. »Die heilige Mutter Mongruad ist mir im Traum erschienen. Als ich erwachte, lagen die Kräuter neben mir.« Das war frei erfunden, aber Mailin hatte diese Erklärung schon so häufig abgegeben, dass ihr die Lüge inzwischen mühelos über die Lippen kam. Niemand, nicht einmal Fion, ihr bester Freund, durfte erfahren, dass sie die Heilkräuter mit Hilfe von Enid, einer vom Hof verbannten Elfenpriesterin, aus der Welt der Menschen geholt hatte, um Shadow zu retten.

»Die Mutter Mongruad. Soso.« Lavendra machte keinen Hehl daraus, dass sie Mailin kein Wort glaubte. »Wenn dir die Erdgöttin wirklich erschienen ist, solltest du besser in den Tempel kommen und dich zur Priesterin weihen lassen, als hier im Pferdemist zu wühlen. Nur wenige besitzen die Gabe, Botschaften der Erdgöttin zu empfangen.«

»Danke, aber ich fühle mich bei den Pferden sehr wohl.« Mailin wich dem forschenden Blick der Mondpriesterin aus und reichte Shadow eine Möhre.

»Nun, das mag sein, doch eine so seltene Gabe darf auf keinen Fall verkümmern. Die Weisungen der Erdgöttin sind für unser Volk von größter Bedeutung, wie du weißt.« Lavendra ließ Mailin nicht aus den Augen, während sie sprach. »Ich denke, ich werde noch einmal mit dem König darüber sprechen und ihn bitten, dich von deinen Aufgaben als Pferdehüterin zu entbinden, damit deine angeborene

Gabe im Tempel zum Wohle des Volkes geschult werden kann.«
»Nein!« Mailin fuhr erschrocken herum und sah die Mondpriesterin aufgebracht an. »Das ..., das könnt Ihr nicht ... Ich ..., ich habe ...«
»... niemals eine Vision gehabt?« Lavendras Stimme hatte einen lauernden Ton angenommen, während sie den Satz für Mailin beendete. Ihre Augen waren zu Schlitzen geworden, aus denen sie das Elfenmädchen beobachtete wie ein Raubtier seine Beute. Mailin klopfte das Herz bis zum Hals, doch sie zwang sich zur Ruhe. Sie merkte, dass sie der Mondpriesterin nicht gewachsen war, und suchte verzweifelt nach einer Möglichkeit, den bohrenden Fragen zu entkommen. Sie musste auf der Hut sein. Je tiefer sie sich in ein Gespräch verwickeln ließ, desto größer war die Gefahr, dass sie sich verriet.
»Alles ist so geschehen, wie ich es dem König berichtet habe«, erklärte sie noch einmal, um Zeit zu gewinnen. Dann holte sie tief Luft, nahm allen Mut zusammen und sah der Mondpriesterin fest in die Augen. »Es tut mir Leid, dass ich Euer Angebot ablehnen muss«, log sie. »Doch als Patin Staja-Ames ist es meine oberste Pflicht, mich um das Wohlergehen des königlichen Fohlens zu kümmern.« Sie schob trotzig das Kinn vor und fügte schnippisch hinzu: »Dieser Pflicht kann ich mich nicht entziehen, der König selbst hat sie mir übertragen.« Mailin machte eine Pause und tat, als überlegte sie. »Aber vielleicht

komme ich auf Euer freundliches Angebot zurück, wenn Prinz Liameel in ein paar Jahren die Seelenverwandtschaft mit Staja-Ame eingegangen ist«, sagte sie mit selbstbewusstem Lächeln.

»Wir werden sehen. In dieser Angelegenheit ist das letzte Wort noch nicht gesprochen. Verlass dich drauf.« Ruckartig drehte Lavendra sich um und entfernte sich mit schnellen Schritten. Ihre langen, seidig fließenden Gewänder bauschten sich und wirbelten Stroh vom Boden auf, als sie durch die Stallgasse eilte und durch das Tor auf den sonnenbeschienenen Hofplatz hinaustrat.

Die junge Priesterin, die Lavendra begleitet hatte, schien weder das kurze Gespräch mit der Pferdehüterin noch den plötzlichen Stimmungswechsel der obersten Elfenpriesterin verstanden zu haben. Verwirrt starrte sie Lavendra nach und wandte sich dann mit einem ratlosen Blick an Mailin.

Doch diese zuckte mit den Schultern. »Ich habe keine Ahnung, was in sie gefahren ist«, sagte sie mit Unschuldsmiene, wandte sich um und reichte dem Fohlen schnell noch eine Möhre, weil sie sich ein schadenfrohes Grinsen nicht verkneifen konnte. Aus den Augenwinkeln sah sie, wie die junge Priesterin ebenfalls den Stall verließ, und atmete erleichtert auf.

»Ach Shadow«, sagte sie und strich dem Fohlen liebevoll über die silberne, halbmondförmige Sichel auf der Stirn, »ich glaube, Lavendra ahnt etwas. In Zukunft werde ich sehr vorsichtig sein müssen. Ich kann nur hoffen, dass der König sich nicht von ihr beeinflussen lässt.«

Der Gedanke, im Tempel bei den Priesterinnen leben zu müssen, war für Mailin geradezu entsetzlich, nicht nur, weil sie in Wahrheit nie eine Vision der Mutter Mongruad empfangen hatte, sondern auch, weil sie dann nicht mehr mit ihren geliebten Pferden zusammen sein konnte. Sie glaubte zwar nicht daran, dass der König ihr die soeben erteilte Patenschaft für Shadow wieder entziehen würde, aber Lavendra war schlau und hinterlistig. Wenn sie sich etwas in den Kopf gesetzt hatte, würde sie gewiss Mittel und Wege finden, es zu erreichen – und das machte Mailin Angst.

»Ach, hier bist du!« Fions fröhliche Stimme riss Mailin aus ihren trüben Gedanken. »Hätte ich mir ja gleich denken können.« Er grinste. »Aber ich bin trotzdem zuerst bei Gohin gewesen und habe nach dir gesucht.«

»Was gibt es?«, fragte Mailin.

»Schon vergessen?« Fion machte ein gespielt beleidigtes Gesicht. »Wir wollten den freien Nachmittag nutzen und zu den Wasserfällen reiten. Gohin hat mir eben verraten, dass er schon ganz ungeduldig ist. Er behauptet, du würdest ihn sträflich vernachlässigen, seit du königliche Pferdepatin bist.«

»So ein Quatsch!« Mailin lachte. Sie wusste, dass Fions Worte nicht wirklich ernst gemeint waren, doch der mahnende Unterton gab ihr zu denken.

Vernachlässigte sie Gohin nicht doch ein wenig? Hatte sie sich in den vergangenen Tagen ausreichend um ihn gekümmert?
Je länger sie darüber nachdachte, desto eindringlicher meldete sich ihr schlechtes Gewissen. Sie hatte tatsächlich total verschwitzt, dass Fion und sie heute einen Ausritt zu den Wasserfällen machen wollten. Die letzten Tage waren so aufregend gewesen und wie im Rausch an ihr vorbeigezogen.
»Na, was ist? Hat die viel beschäftigte ›Beria s'roch‹ Zeit für einen gemeinsamen Ausritt und ein erfrischendes Bad?« Fion hatte die Arme vor der Brust verschränkt und sah Mailin fragend an.
»Na klar!« Mailin wuschelte Shadow durch die Stirnhaare und zwinkerte Fion zu. »Auch Patinnen brauchen mal einen freien Nachmittag. Ein Glück, dass ich dich habe.«

Eine halbe Stunde später hatte sie ihre Sachen gepackt und führte Gohin aus dem Stall zu Fion, der mit Diahan, seiner weißen Stute, schon am Tor auf sie wartete.
Seite an Seite machten sie sich auf den Weg zu den Wasserfällen, einem verwunschenen Ort mitten im Wald, an dem sich zwei Bäche über die steile und felsige Südflanke eines ansonsten dicht bewachsenen Hügels ergossen. Ihr Wasser nährte einen kleinen, kristallklaren Weiher am Fuß des Hügels, an dessen von Lilien und Farnen gesäumten Ufer eine sonnen-

beschienene Lichtung zum Verweilen und Faulenzen einlud.
Im vergangenen Sommer waren Fion und Mailin häufig dorthin geritten, doch in diesem Jahr hatten sie wegen der aufregenden Ereignisse um Shadow bisher keine Zeit für einen Besuch gefunden.
»Ach, ist das herrlich!« Mailin legte den Kopf in den Nacken und nahm mit geschlossenen Augen den Wechsel von Licht und Schatten wahr, der durch das Blätterdach der Bäume auf ihr Gesicht fiel, während sie den würzigen Duft des Waldes in tiefen Zügen einatmete.
»Ist mal etwas anderes als Stallmist.« Fion grinste, doch dann wurde er ernst. Er ritt im Schritt neben seiner Freundin her und sah sie nachdenklich an. »Du hast dich in letzter Zeit ziemlich rar gemacht. Nach den anstrengenden Wochen wird es langsam Zeit, dass du zum normalen Alltag übergehst. Ich für meinen Teil bin froh, wenn Shadow wieder mit den anderen auf die Weide kann und du ihn nicht ständig bemutterst.«
Die leise Rüge ärgerte Mailin, doch irgendwie konnte sie Fions Unmut sogar verstehen, denn selbst er, ihr bester Freund, hatte keine Ahnung, was sie für Shadow alles auf sich genommen hatte.
Vielleicht würde er anders darüber denken, wenn ich ihm die Wahrheit erzähle, dachte sie, verwarf den Gedanken jedoch sofort wieder. Sie hatte Enid fest versprochen, mit niemandem über ihre verbotenen

Ausritte in die Menschenwelt zu sprechen, und daran würde sie sich halten.

Blinzelnd öffnete sie die Augen und schenkte Fion ein schuldbewusstes Lächeln. »Ist es so schlimm?«, fragte sie.

»Schlimmer.« Fion ließ betrübt den Kopf hängen, aber Mailin entging nicht, dass er sie dabei belustigt aus den Augenwinkeln beobachtete.

»Was sagst du denn dazu, Gohin?«, wandte sich Mailin an ihr Pferd. »Fühlst du dich etwa auch vernachlässigt?«

Gohin schien jedoch nicht gewillt, ihr zu antworten. Als gäbe es nichts Wichtigeres, reckte er den Hals und rupfte ein großes Büschel saftiger Gräser vom Wegrand.

»Siehst du, Gohin ist eingeschnappt«, schlussfolgerte Fion aus diesem Verhalten.

»Unsinn.« Mailin klopfte Gohin den Hals. »Er ist nicht so empfindlich, wie du denkst, und schon gar nicht so eifersüchtig auf Shadow wie ...«

»... ich?«, beendete Fion empört den Satz. »Ich bin doch nicht eifersüchtig«, verkündete er. »Es würde mir im Leben nicht einfallen, auf ein Fohlen eifersüchtig zu sein.«

»Ach nein?« Mailin streckte die Hand aus, riss eine Handvoll Blätter von einem herunterhängenden Ast ab und warf sie lachend auf Fion. »Das glaubst du doch selbst nicht!«, rief sie und ließ Gohin antraben.

»Na warte!« Fion angelte umständlich nach einem

Blatt, das ihm in den Nacken gerutscht war. Schon waren Mailin und Gohin ein ganzes Stück voraus und er ließ Diahan aus dem Schritt heraus angaloppieren, um die beiden einzuholen.
Sie lieferten sich eine rasante Verfolgungsjagd durch den Wald, bis Mailin Gohin zügelte und kichernd und um Atem ringend Fions Blätterregen über sich ergehen ließ.
Die beiden alberten so ausgelassen herum, dass keiner von ihnen die kleine Grauammer bemerkte, die ihnen im Schutz der Bäume gefolgt war, seit sie durch das Tor des Palastes geritten waren. Aufmerksam beobachteten die winzigen schwarzen Vogelaugen jede Bewegung der jungen Pferdehüter, und obwohl sie hin und wieder durch die Jagd nach Insekten fortgelockt wurde, kehrte die Grauammer immer eilig zurück, um die Reiter nicht aus dem Blick zu verlieren.

www.mounted-games.de

In der Ferne grollten Donner, und die bedrohlich schwarze Wolkenwand, die sich Neu Horsterfelde schnell näherte, wurde von zuckenden Blitzen erhellt, als Julia ihr Mountainbike die Auffahrt zu ihrem Elternhaus hinaufschob. Sie hatte sich mächtig beeilt, um noch vor dem Gewitter nach Hause zu kommen. Jetzt war sie völlig außer Atem und total verschwitzt. Das Fahrrad mit der linken Hand haltend, angelte sie mit der rechten in der Tasche ihrer Shorts nach dem Haustürschlüssel.

Wieder grollte ein Donner, diesmal sehr viel näher, und ein erster dicker Regentropfen klatschte auf Julias Schulter. Mit dem Regen kam der Wind. Heftige Böen rissen Laub und kleine Äste aus den Baumkronen und peitschten unbändig durch die Gärten, sodass die Sommerblumen zu Boden gedrückt wurden. Mit einem Mal wurde es so dunkel, als wäre es plötzlich Nacht geworden.

Julia lehnte ihr Mountainbike unter dem Dachvorsprung neben der Haustür an die Wand und nahm ihre Badesachen vom Gepäckträger. Ob sie auch wirklich alle Sachen eingepackt hatte? Doch darum würde sie sich später kümmern.

Sie war überstürzt vom Badesee aufgebrochen, denn

die Gewitterfront war mit einer Geschwindigkeit heraufgezogen, die niemand für möglich gehalten hatte. Julia, die gerade ein Stück hinausgeschwommen war, hatte die Wolken zunächst nicht gesehen. Erst als einige Mütter ihre Kinder hastig aus dem Wasser holten und alle Hals über Kopf ihre Sachen zusammenrafften, war sie darauf aufmerksam geworden und in rekordverdächtiger Zeit ans Ufer geschwommen.

Ohne sich richtig abzutrocknen hatte sie T-Shirt und Shorts über den Badeanzug gestreift, ihre Sachen geschnappt und war nach Hause gefahren.

In diesem Augenblick zuckte ein greller Blitz über den Himmel und die Wolken öffneten ihre Schleusen. Ein krachender Donner ertönte in unmittelbarer Nähe und dicke Regentropfen prasselten herab. Vor Schreck hätte Julia fast den Schlüssel fallen lassen, doch sie konnte ihn noch auffangen.

Gerade als sie ihn ins Schloss stecken wollte, wurde die Tür von innen geöffnet und Anette Wiegand, ihre Mutter, steckte den Kopf heraus. »Julia!«, rief sie erleichtert aus zog ihre Tochter ins Haus. »Gott sei Dank, du bist zurück. Ich wollte dir eben mit dem Auto entgegenfahren.« Eilig schloss sie die Tür und sperrte Sturm und Regen aus. »Du meine Güte, das ist ja fast wie der Weltuntergang da draußen«, meinte sie kopfschüttelnd und tastete im dunklen Flur nach dem Lichtschalter.

»Das kannst du laut sagen.« Julia war schon dabei,

ihre Badesachen auf dem Fußboden zu entwirren. »Handtuch, Ersatzbadeanzug, Diskman, Buch ...«, zählte sie durch. »Saftflasche, Kekse – alles da. Oder Moment mal. Oh nein, wo ist denn meine Sonnenbrille?« Sie sah ihre Mutter betrübt an. »Sie ist weg. Entweder hab ich sie am See vergessen oder sie ist mir unterwegs hinuntergefallen«, sagte sie und fügte hinzu: »Du hättest mal sehen sollen, was am See los war, als das Gewitter aufzog. Da kann es schon passieren, dass man in der Aufregung etwas vergisst.«

Seit sie während ihres letzten Abenteuers mit Mailin ihren Haustürschlüssel im Wald verloren hatte, brachte ihre Mutter kein Verständnis mehr dafür auf, wenn sie nicht auf ihre Sachen achtete. Damals hatte ihr Vater darauf bestanden, ein neues Türschloss einbauen zu lassen. Das war nicht billig gewesen und er hatte angedroht, dass Julia die Kosten künftig von ihrem Taschengeld bezahlen solle, wenn so etwas noch einmal vorkäme.

Ihre Mutter schien sich ebenfalls daran zu erinnern, denn sie meinte nur: »Na, dann wirst du wohl dein Sparschwein plündern müssen, wenn du eine neue Sonnenbrille haben willst.« Damit war das Thema für sie erledigt.

Draußen blitzte und donnerte es gleichzeitig. Der Sturm rüttelte wütend an den Dachpfannen, schlug den Regen gegen die Fenster und lautes Klacken verriet, dass sich inzwischen auch Hagelkörner unter den Regen gemischt hatten.

»Was für ein Unwetter!« Julias Mutter war ans Küchenfenster getreten und blickte in den Vorgarten, wo der Rasen allmählich unter einer Schicht großer Hagelkörner verschwand. »Erst fünf Uhr und es ist stockdunkel draußen.«

»Gut, dass ich mich so beeilt habe.« Julia ging zum Kühlschrank und schenkte sich ein Glas Orangensaft ein. »Ich mag gar nicht daran denken, was geschehen wäre, wenn mich das Gewitter unterwegs erwischt hätte. Ich wäre ...« Sie verstummte, denn in diesem Augenblick begann die Neu Horsterfelder Sirene zu heulen, die auf dem Dach eines nahen Bauernhofs installiert war.

»Na, da hat wohl irgendwo der Blitz eingeschlagen«, meinte ihre Mutter.

»Hoffentlich nicht auf der Danauer Mühle.« Julia machte ein besorgtes Gesicht. Erst vor kurzem hatte sie in der Zeitung gelesen, dass bei einem durch Blitzeinschlag entstandenen Brand drei Pferde ums Leben gekommen waren. Sie stellte sich neben ihre Mutter ans Fenster, reckte den Hals und schaute nach Westen, in die Richtung, wo auch die Danauer Mühle lag.

»Bestimmt nicht«, sagte ihre Mutter. »Und außerdem wird bei dem Regen kein großes Feuer entstehen können.«

Julia schwieg. Bei dem Gedanken an das viele Stroh, das vor einer knappen Woche über dem Ponystall eingelagert worden war, konnte sie die Zuversicht ihrer Mutter nicht teilen. Sie lief die Treppe hinauf in das Arbeitszimmer ihrer Eltern und sah dort noch einmal aus den Fenster. Als sie auch von hier oben aus keinen Feuerschein über dem Reiterhof erkennen konnte, verschwand das mulmige Gefühl in ihrem Bauch.

Trotzdem blieb sie eine Weile am Fenster stehen und beobachtete die Regentropfen an der Scheibe, bevor sie sich schließlich umwandte, um in ihrem Zimmer ein wenig in dem neuen Pferdebuch zu lesen, das sie auch mit an den Horsterfelder See genommen hatte. Dabei streifte ihr Blick den Computer, den ihr Vater sich selbst zu Weihnachten geschenkt hatte, wie er es nannte, und sie hatte eine Idee.

Auf dem Weg in ihr Zimmer zog sie T-Shirt und Shorts aus, streifte den Badeanzug ab und stopfte alles in den Wäschekorb, bevor sie sich neue Sachen aus dem Kleiderschrank holte.

Fünf Minuten später saß sie fertig umgezogen auf dem bequemen Drehstuhl im Arbeitszimmer und ließ den Computer hochfahren, während sie dem Trommeln des Regens auf den Dachpfannen lauschte. Die Luft unter dem Dach war warm und drückend, doch das Unwetter hatte noch nichts von seiner Kraft eingebüßt. Es war nicht daran zu denken, das Fenster zu öffnen.

»Willst du nicht wieder herunterkommen?«, hörte sie ihre Mutter aus der Küche rufen. »Unterm Dach ist es viel zu stickig.«

»Ich will nur mal kurz etwas im Internet nachsehen«, antwortete Julia. Die Worte gingen zur Hälfte in einem heftigen Donnergrollen unter, aber ihre Mutter hatte sie trotzdem verstanden.
»Dann hol dir etwas zu trinken«, riet sie, bevor sie sich auf den Weg ins Wohnzimmer machte.
Typisch Mutti! Julia warf einen Blick auf das halb volle Glas mit Orangensaft neben ihr auf dem Schreibtisch und schmunzelte.
Im nächsten Augenblick erschien die Internetstartseite des Browsers. Julia starrte nachdenklich auf den Bildschirm, dann tippte sie kurz entschlossen in die Adresszeile ein: »www.mounted-games.de«.
Mal sehen, ob ich etwas finde, dachte sie, während sie die Eingabe mit »Enter« bestätigte. Tatsächlich, ganz unten am Bildschirmrand erschien die Zeile: »Webseite gefunden, warten auf Antwort«.
Gleich darauf öffnete sich das Fenster einer Seite, die hervorragend dazu geeignet war, ihre Bildungslücken in Bezug auf Mounted Games zu schließen. Hier wurde dem Laien alles über die Reiterspiele erklärt. Julia lachte. Es hatte geklappt – gleich beim ersten Versuch.
Inzwischen hatte sich die Seite fertig aufgebaut und Julia klickte in der Frameleiste auf »Spiele und Spielregeln«.
Die Mounted Games, rasante Ponyspiele für junge Reiter aus dem Pferdeland England, finden in Deutschland – seit der Reit- und Fahrverein Nordheide e.V in

Jesteburg die Idee vor einigen Jahren importierte – immer mehr Freunde, stand oben auf der Seite als Einleitung zu lesen. *Gefragt sind reiterliches Können und Tempo, Geschick, Teamgeist und Harmonie zwischen Reiter und Pony.* Der Satz ließ Julias Herz höher schlagen. Das war genau das, was sie am Reiten liebte. Schnell las sie weiter. *Kindern und Jugendlichen einen Anstoß zu geben, ihre Freizeit sinnvoll und verantwortlich im spannenden Reiterspiel mit Ponys und Freunden aus aller Welt zu gestalten, das ist die Idee der Mounted Games.*

Es folgte eine Übersicht der einzelnen Disziplinen, in der von Abfallsammeln bis Zweiflaggenrennen jedes der fünfundzwanzig verschiedenen Spiele genau beschrieben wurde.

Bald waren Regen und Sturm vergessen und Julia konnte gar nicht aufhören zu lesen. Svea hatte Recht: Mounted Games waren wirklich supercool. Warum hatte sie in Auerbach nie etwas davon gehört? Ohne den Blick vom Bildschirm zu lösen wanderte ihre Hand zum Drucker und schaltete ihn ein. Die Informationen auf der Webseite waren viel zu umfangreich, um sie online anzusehen. Ihr Vater würde zwar nicht gerade begeistert sein, wenn sie so viel Tinte verbrauchte, aber das würde sie ihm schon erklären können.

Eine halbe Stunde und fünfundzwanzig Blatt Papier später verließ Julia das Arbeitszimmer. Der Regen hatte nachgelassen und draußen war es wieder heller geworden. Doch Julia hatte nicht vor, heute noch einmal hinauszugehen. Sie konnte es kaum erwarten, die ausgedruckten Seiten durchzulesen.

Eine heimliche Beobachterin

»Braver kleiner Vogel.« Lavendras Mund verzog sich zu einem hinterlistigen Lächeln, während sie in die silberne Wasserschale schaute, die vor ihr auf dem Tisch stand. Ohne besonderes Interesse beobachtete sie, was ihr das klare Wasser offenbarte, denn das Bild, das sich ihr bot, war keineswegs außergewöhnlich. Mailin und ihr Freund Fion nutzten den freien Nachmittag, um im Weiher an den Wasserfällen zu schwimmen. Die Mondpriesterin sah eine Weile zu, wie die beiden ausgelassen im Wasser herumtobten, dann machte sie eine knappe Handbewegung und das Bild verschwand.

»Hervorragend.« Obwohl sie nicht das gesehen hatte, wonach sie suchte, war Lavendra hoch zufrieden. Sie hatte die Grauammer am Vortag eingefangen und die ganze Nacht damit verbracht, das Bewusstsein des kleinen Vogels so zu formen, dass er ihren Plänen diente. Am Morgen hatte sie ihn wieder freigelassen, doch die vielen Pflichten, die ihr Amt als oberste Priesterin am Hof des Elfenkönigs mit sich brachte, gestatteten ihr erst jetzt, am späten Nach-

mittag, zu prüfen, ob der Zauber erfolgreich war. Das Ergebnis übertraf ihre kühnsten Erwartungen. Abgesehen von ein paar Abstechern, die der Jagd nach Insekten dienten, ließ die Grauammer die Pferdehüterin nicht aus den Augen. Alles, was der Vogel erblickte, konnte Lavendra in dem spiegelnden Wasser sehen, wenn sie das Bild in der magischen Schale anrief. Es war überraschend klar und so naturgetreu, als schaute sie durch ein Fenster.
Sie erhob sich und verließ das geheime Gewölbe, in dem sie unbemerkt ihre verbotenen Zauber wob. Der kleine Späher leistete ganze Arbeit. Jetzt brauchte sie nur noch abzuwarten, bis sich Mailin wieder auf den Weg zum Schweigewald machte, um die verbannte Elfenpriesterin Enid aufzusuchen.
Sollte das geschehen – und Lavendra war überzeugt, dass es irgendwann geschehen würde –, dann würde die Grauammer einen magischen Pfiff ausstoßen, den die Mondpriesterin selbst über große Entfernungen hinweg hören konnte. Das Bild in der Silberschale würde ihr dann den endgültigen Beweis dafür liefern, dass Mailin tatsächlich verbotene Unterstützung von der verbannten Priesterin bekam.
»Ich kriege dich noch, Beria s'roch«, zischte sie leise. »Das nächste Mal, wenn du deiner Freundin Enid einen Besuch abstattest, werde ich es erfahren. Dein schönes Lügengebilde wird wie eine Seifenblase zerplatzen. Niemand wird dir mehr glauben, dass du eine Vision der Mutter Mongruad hattest – und

niemand, nicht einmal der König, wird verhindern können, dass euch beide eine gerechte Strafe trifft.«

»Das war herrlich!« Mailin, die neben Fion auf der kleinen Lichtung am Rande des Weihers lag und ihre nassen Haare von der Sonne trocknen ließ, schloss die Augen und seufzte zufrieden.
»Wenn du mehr Zeit hättest, könnten wir viel öfter hierher kommen.« Fion kitzelte Mailin mit einem langen Grashalm an der Nase. »Aber als königliche Pferdepatin ist man natürlich immer schrecklich beschäftigt.«
»Puh, lass das!« Mailin griff nach dem Grashalm. »Du weißt, dass das unfair ist. Shadow war in ernster Gefahr, ohne meine Hilfe hätte Prinz Liameel jetzt wahrscheinlich kein Fohlen mehr.«
»Stimmt«, räumte Fion ein. »Aber nun geht es ihm wieder besser und für dich wird es allmählich Zeit, auch mal an etwas anderes zu denken.«
Mailin öffnete blinzelnd die Augen und sah ihn nachdenklich an. Dann setzte sich auf, strich die nassen Haare zurück und hob die Hand zum Schwur. »Ich gelobe mich zu bessern!«, erklärte sie feierlich und drehte sich zu Gohin um, der im Schatten der Bäume graste. »Das gilt auch für vernachlässigte Vierbeiner!«, rief sie zu ihm hinüber.
Gohin schien sich jedoch nicht angesprochen zu fühlen. Er schnaubte nur kurz, während er ohne aufzublicken weiter Grashalme ausrupfte.

»Irgendwie werde ich das Gefühl nicht los, dass du mir einiges von dem, was in den vergangenen Tagen vorgefallen ist, nicht erzählt hast.« Fion sah Mailin forschend von der Seite an. »Als Shadow verschwunden war, konnte ich dich eine ganze Nacht lang nirgends finden. Bis heute hast du mir nicht gesagt, wo du warst. Und dann die Sache mit dem Balsariskraut. Alle, die danach suchten, haben nur vertrocknete Pflanzen gefunden – genau wie du. Dann verschwindest du für ein paar Stunden und kommst mit Unmengen des Heilkrautes zurück, obwohl es im Umkreis eines halben Tagesritts verdorrt war. Da steckt doch mehr dahinter. Ich bin sicher, dass du mir etwas verheimlichst.«

»Manchmal gibt es eben Dinge, die man auch dem besten Freund nicht erzählen kann«, sagte Mailin und lächelte versöhnlich. »Sei mir nicht böse, Fion, aber ich möchte nicht darüber sprechen. Vielleicht erfährst du es eines Tages. Aber jetzt geht es nicht.«

»Hm.« Dem jungen Pferdehüter war deutlich anzusehen, wie verärgert er über diese Antwort war. Missmutig stocherte er mit einem trockenen Ast zwischen den Gräsern herum und vermied es, Mailin anzublicken. »Du weißt, ich würde dein Geheimnis niemals verraten«, versuchte er es noch einmal.

»Fion, bitte. Ich verspreche, dass ich es dir sagen werde – irgendwann. Doch jetzt ... Es ist noch zu früh.« Sie sprang auf und klopfte ihrem Freund kameradschaftlich auf die Schulter. »Na komm schon!«, rief sie betont fröhlich, um von dem unangenehmen Thema abzulenken. »Der Tag ist viel zu schön für solche trüben Gedanken. Außerdem wird die Sonne bald untergehen. Lass uns noch ein Stück durch den Wald reiten.«

Sie raffte ihre Sachen zusammen und lief zu Gohin. Als alles verstaut war, schwang sie sich auf den Rücken ihres Pferdes und blickte zu Fion hinüber, der noch immer im Gras saß. »Was ist?«, fragte sie munter. »Kommst du mit?«

»Du erzählst es mir? Irgendwann?«

»Ehrenwort.«

»Gut.« Fion erhob sich und sammelte ein, was ihm gehörte. Dann trat er neben Gohin und sah zu Mailin auf. »Ich werde dich bei Gelegenheit daran erinnern.« Er saß auf und lenkte seine Diahan neben Mailins weißen Hengst. »Wohin reiten wir?«, fragte er in einem Ton, als hätte es zwischen ihnen nie Unstimmigkeiten gegeben.

»Ohne Ziel. Lass uns einfach drauflosreiten.« Mailin schnalzte mit der Zunge und Gohin trabte an.

Fion folgte ihr, und auch der kleine graue Vogel, der bis zu diesem Zeitpunkt auf dem Ast eines nahen Haselbusches gesessen hatte, verließ seinen Platz und flog eilig in den Wald hinein.

In dieser Nacht träumte Julia von Mailin. Es war ein schöner und gleichzeitig seltsamer Traum. Gemeinsam mit ihrer Elfenfreundin ritt sie durch einen herrlichen Wald. Die Sonne stand schon tief und warf ihr Licht in dünnen goldenen Strahlen durch das Blätterdach der hohen Bäume. Es gab nur wenig Unterholz. Der Boden war mit weichem Laub bedeckt, das den Hufschlag dämpfte, und zwischen den Stämmen wuchsen die größten Farne, die Julia jemals gesehen hatte. Mailin ritt auf Gohin voraus. Manchmal drehte sie sich um und winkte Julia lachend zu, ihr zu folgen. Doch sosehr sie ihr Pferd auch antrieb, schaffte Julia es nicht, Mailin einzuholen. Im Gegenteil, das Elfenmädchen entfernte sich rasch immer weiter von ihr und tauchte schließlich nur noch hin und wieder zwischen den Bäumen auf. »Warte!«, wollte Julia rufen, aber es kam kein Laut über ihre Lippen.

Dann sah sie das Tor. Mit den beiden gekreuzten jungen Buchenstämmen sah es genauso aus wie das Tor im Forst nahe der Danauer Mühle – ein Weltentor, durch das man aus dem Reich der Elfen in die Menschenwelt gelangen konnte und umgekehrt.

Von Mailin war nirgendwo etwas zu sehen und Julia überlegte gerade, ob sie wohl durch das Tor geritten sein könnte, als ihr etwas auffiel. Unter den Buchenstämmen war es dunkel. Anders als im Danauer Forst, wo das Tor völlig unauffällig mit der Natur verschmolz, war es hier deutlich zu sehen. Es sah aus, als hätte jemand ein schwarzes Tuch zwischen den Bäumen gespannt.

Der Anblick ließ Julia erschauern. Die Dunkelheit hatte etwas Bedrohliches an sich und sie wollte ihr Pferd zügeln, um nicht noch dichter an das Tor heranzureiten, doch das Tier gehorchte nicht. Mit unverminderter Geschwindigkeit galoppierte es auf das Weltentor zu. Julia sah die undurchdringliche Schwärze näher kommen und bekam Angst. Auf keinen Fall wollte sie dort hineinreiten. Doch alle Versuche, das Pferd zu lenken, schlugen fehl. Julia schrie und zerrte an den Zügeln – vergeblich. Bebend vor Furcht hob sie den Blick und starrte entsetzt nach vorn. Nur noch wenige Meter und die Dunkelheit würde sie verschlingen ...

Als Julia die Augen aufschlug, war es tatsächlich dunkel. Ihr Herz raste und im ersten Moment glaubte sie, wirklich in das schreckliche schwarze Tor hineingeritten zu sein. Dann sah sie die roten Ziffern ihres Radioweckers leuchten und allmählich entließ sie der Traum aus seinen Fängen. Ihr Atem beruhigte sich und der hämmernde Herzschlag wurde langsamer – sie war zu Hause, in ihrem Zimmer. Es gab nichts, wovor sie sich fürchten musste. Sie warf einen Blick auf die LCD-Anzeige. 2:30 Uhr – mitten in der

Nacht. Obwohl das Fenster weit offen stand, war die Luft im Zimmer stickig. Die dunklen Vorhänge, die ihre Mutter zum Schutz gegen die Mücken vorgezogen hatte, hielten auch die frische Luft aus dem Zimmer fern.

Plötzlich fühlte Julia etwas Hartes in ihrer rechten Hand. Verwundert setzte sie sich auf und entdeckte in ihrer geballten Faust den Ring, den Mailin ihr im Frühjahr zum Abschied geschenkt hatte. Sie musste ihn im Traum abgestreift haben.

Seltsam, dachte sie und steckte den Ring zurück auf den Finger. Das ist mir noch nie passiert. Aber es war auch ein sehr heftiger Traum. Ganz unvermittelt fielen ihr die Worte ein, die Mailin auf das Lederstück geschrieben hatte, in das der Ring eingewickelt war: *Benötigst du meine Hilfe, so lege diesen Ring in eine flache Wasserschale, sieh ihn an und denke fest an mich. Wenn mein Gesicht im Wasser erscheint, weißt du, dass ich dich gehört habe und zu dir komme, sobald das Tor geöffnet ist.*

Vielleicht habe ich mich im Traum daran erinnert, überlegte Julia. Sie hatte viel darüber nachgedacht, ob sie den Ring jemals benutzen würde, konnte sich aber keine Situation vorstellen, in der sie die Hilfe des Elfenmädchens benötigte. Trotzdem war es gut zu wissen, dass Mailin kommen würde, falls sie in Not geraten sollte.

Schwungvoll schlug Julia die dünne Sommerbettdecke beiseite und setzte sich auf, um ans Fenster zu gehen, hielt dann aber erschrocken inne. Etwas raschelte neben ihrem Bett. Was war das? Mit angehaltenem Atem lauschte Julia. Dann fiel ihr ein, dass sie eingeschlafen war, während sie in den ausgedruckten Blättern über die Mounted Games gelesen hatte, und sie bückte sich, um die hinuntergefallenen Seiten aufzuheben.

Wenig später lagen die Blätter in einem ordentlichen Stapel neben dem Radiowecker. Julia trat ans Fenster und schob die Vorhänge zurück. Angenehm kühle Luft flutete ins Zimmer und Julia atmete tief durch. Der kommende Tag würde sicher nicht mehr so heiß werden. Das bedeutete, dass sie sich bereits am Vormittag mit Svea und Carolin auf dem Reiterhof treffen würde. Ihre Freundinnen und sie hofften, dass Frau Deller ihnen schon etwas über die Nennungen für die Mounted Games auf Gut Schleen sagen konnte, denn sie waren sehr gespannt zu erfahren, ob sie zusammen in einer Mannschaft reiten konnten. Dazu fehlte ihnen, wie Julia inzwischen aus dem Internet erfahren hatte, allerdings noch eine vierte Reiterin, aber die würde bei der langen Meldeliste sicher nicht schwer zu finden sein.

Sie ging wieder ins Bett. Die Vorhänge hatte sie offen gelassen. Ein leichter Wind strich durch die Zweige des Apfelbaums vor dem Fenster und die Blätter raschelten leise.

Zwei einsame Grillen zirpten abwechselnd in den hohen Gräsern der Wiese, die auf der anderen

Straßenseite lag, am Teich der Nachbarn quakten Frösche – alles war friedlich.
Julia kuschelte sich in die Decke und schloss die Augen. Wie schade, dass die Sommerferien zu Ende gingen. Obwohl sie nicht in den Urlaub gefahren waren, hatte sie jeden Tag genossen. Inzwischen konnte sie selbst nicht verstehen, warum sie sich im letzten Jahr so dagegen gesträubt hatte, nach Neu Horsterfelde zu ziehen. Sie fühlte sich hier längst zu Hause.
Ihre Gedanken wanderten zurück nach Auerbach, dem kleinen Ort am Rande des Taunus, in dem sie vorher gewohnt hatte. Sie dachte an ihre Freundinnen Kaja und Britt und natürlich auch an Shenna, das weiße Pony vom Auerbach-Hof, mit dem sie damals fast täglich ausgeritten war. Schön war das, doch Heimweh hatte sie schon lange nicht mehr. Auf der Danauer Mühle ließ es sich ebenso gut reiten wie in Auerbach – eigentlich sogar besser.
Julia wischte die Erinnerungen fort und sandte einen liebevollen Gedanken an Spikey, der das Gewitter sicher im trockenen Stall verbracht hatte. Dann nahm sie ihr Kissen in den Arm und drehte sich auf die Seite, um zu schlafen.

Das erste Training

Es war fast halb elf, als sich die drei Freundinnen am nächsten Morgen mit ihren gesattelten Ponys auf den Weg zum großen Reitplatz der Danauer Mühle machten. Die Sonne schickte ein paar Strahlen durch hohe dünne Wolken, und die Temperaturen waren zum ersten Mal seit Tagen erträglich.

Obwohl allerbestes Reitwetter herrschte, war die Stimmung der drei Mädchen gedämpft. Entgegen Sveas Erwartungen hatte Frau Deller die Liste mit den Nennungen für die Mounted Games noch nicht fertig und ließ sich auch durch eindringliches Nachfragen nicht erweichen, vorab Auskunft zu geben. »Wartet, bis ich die Liste heute Nachmittag aushänge«, hatte sie gesagt und hinzugefügt: »Mounted Games haben strenge Wettkampfbestimmungen. Ich möchte auf keinen Fall riskieren, dass eine meiner Reiterinnen während des Turniers von den Wettkämpfen ausgeschlossen wird, weil ich etwas nicht bedacht habe.«

Daraufhin hatten die Mädchen das Büro enttäuscht verlassen und beschlossen, trotzdem schon mal zu trainieren.

»Ich weiß wirklich nicht, wo das Problem liegen soll«, hatte Svea kopfschüttelnd erklärt. »Wir sind alle unter vierzehn, ungefähr gleich groß, reiten alle G-Ponys, die älter als vier Jahre sind, und wiegen mit Ausrüstung sicher nicht mehr als fünfundsiebzig Kilo – eine ideale Mannschaft also.«

»Vielleicht darin, dass wir nur zu dritt sind«, hatte Julia angemerkt, doch Svea hatte den Einwand mit einer wegwerfenden Handbewegung beiseite geschoben und gesagt: »Das glaub ich nicht. Du hättest mal sehen sollen, wie viele sich gestern eingetragen haben. Da sind mindestens sieben Mädchen darunter, die zu uns passen würden. Und uns fehlt nur eine, um die Mannschaft komplett zu machen.«

»Zwei wären noch besser«, hatte Carolin entgegnet. »Wenn wir nur zu viert sind und sich eine von uns verletzt, kann die ganze Mannschaft nicht mehr starten. Zu fünft hätten wir eine Ersatzreiterin.«

»Aber dann müssten wir uns abwechseln und könnten nicht alle Spiele mitreiten.« Es war nicht zu überhören, dass Svea der Gedanke, ein Spiel auszulassen, überhaupt nicht gefiel.

Danach hatten sie schweigend die Ponys gesattelt. Carolin löste als Letzte ihren Derry vom Viereck, und die Freundinnen machten sich gemeinsam auf den Weg zum Reitplatz.

Dort saßen sie auf und ritten erst einmal jede für sich ein paar Runden, bis Svea die anderen zu sich winkte.

»Zeit fürs Training«, verkündete sie. »Von den fünfundzwanzig möglichen Spielen machen wir auf dem Turnier bei mindestens zwölf mit. Es gibt also noch eine Menge zu trainieren, wenn wir wenigstens den Hauch einer Chance haben wollen.« Sie nahm ihren Rucksack vom Rücken und öffnete ihn. »Wir fangen mit dem Spiel ›Socken in den Eimer‹ an«, sagte sie, zog einen roten, mit Schaumstoff gefüllten Beutel aus dem Rucksack und hielt ihn in die Höhe. »Das ist eine Socke«, erklärte sie schulmeisterhaft und wollte noch etwas hinzufügen, doch Carolin fiel ihr ins Wort.

»Nein, wirklich? Das hätte ich nicht gedacht«, meinte sie spöttisch und verzog das Gesicht, während sie ungeduldig im Sattel hin und her rutschte. »Mensch, Svea, ich hab schon öfter beim Socken-in-den-Eimer-Spiel zugesehen, warum benimmst du dich, als ob wir total blöd wären?«

»Dass du die meisten Spiele kennst, weiß ich. Aber Julia hat überhaupt keine Ahnung von ...«

»Moment!«, mischte sich Julia in das Gespräch der beiden ein und zog einen blauen Schnellhefter aus ihrem Rucksack. Ohne auf Svea und Carolin zu achten, die erstaunte Blicke wechselten, begann sie darin zu blättern. »Ah, hier ist es«, verkündete sie schließlich und las vor: »*Socken in den Eimer: Zwei Meter hinter der Wechsellinie der Bahn liegen in einem engen, markierten Kreis vier Socken auf dem Boden; auf der Mittellinie steht ein Eimer zwischen den Stangenreihen. Der erste Reiter erhält eine fünfte Socke, die er im Vorbeireiten in den Eimer wirft. Er reitet in Richtung Wechsellinie, sitzt ab und hebt eine Socke auf. Er sitzt wieder auf und reitet zurück zu ›Start und Ziel‹, wo er die Socke dem nächsten Reiter übergibt. Alle Reiter absolvieren den Parcours in gleicher Weise; der letzte Reiter wirft die letzte Socke auf dem Rückweg in den Eimer.«*

»Ja, also ...« Svea starrte ihre Freundin verblüfft an und ließ die Socke sinken. »Wo hast du das her?«

»Aus dem Internet«, erklärte Julia. »Es war mir gestern ziemlich peinlich, als Einzige nichts über diese Mounted Games zu wissen. Da hab ich mich schlau gemacht.«

»Cool.« Svea grinste. »Dann brauch ich jetzt gar nicht mehr viel zu reden und wir fangen gleich an zu üben.« Sie schwang sich aus dem Sattel, band Yasmin, die zu grasen begonnen hatte, an die Latte des Zauns, der den Reitplatz begrenzte, und verschwand in einem nahen Wellblechschuppen. Dort wurde alles aufbewahrt, was sonst nirgends Platz fand.

Wenig später kam sie wieder heraus. In einer Hand trug sie einen zerbeulten Blecheimer, aus dem drei runde Brennholzstücke herausragten, auf den anderen Arm hatte sie sich ebenfalls drei Stücke Brennholz geladen. Das Ganze schien recht schwer zu sein und Julia sprang von Spikeys Rücken, um ihr beim Tragen zu helfen.

»Ist ein bisschen provisorisch, aber etwas Besseres konnte ich so schnell nicht finden«, japste Svea und atmete erleichtert auf, als Julia ihr den schweren Eimer abnahm. »Ich denke, für den Anfang reicht das, um uns einen kleinen Parcours aufzubauen, auch wenn ...«, sie blickte sich prüfend um, »wir hier die vorgeschriebene Bahnenlänge wohl kaum erreichen werden.«

Eine Viertelstunde später war der Parcours fertig. Wie Svea vermutet hatte, war er kürzer als bei einem echten Turnier, aber lang genug, um zu üben.
»Eins, zwei – hier.« Mit der Spitze des Reitstiefels zeichnete Svea einen kleinen Kreis auf den sandigen Boden des Platzes. »Hier kommen die Socken rein«, verkündete sie, zog noch vier mit Schaumstoff gefüllte Beutel aus ihrem Rucksack und legte sie in den Kreis. Die rote Socke behielt sie in der Hand. »Ich fange an«, sagte sie und schwang sich in den Sattel ihres Reitschulponys. »Carolin ist Zweite, und du, Julia, reitest als Letzte, weil du das Spiel noch nicht kennst«, bestimmte sie, ohne die anderen zu fragen, und lenkte Yasmin an die Start- und Ziellinie. Carolin und Julia nahmen es ihr nicht übel, sondern tauschten nur erstaunte Blicke. So emsig hatten sie ihre Freundin bisher noch nicht erlebt. Schmunzelnd saßen sie ebenfalls auf und folgten ihr. Aufmerksam beobachteten sie, wie Svea die erste Socke in den Eimer warf, eine neue holte und wieder zurückritt, um sie Carolin zu übergeben. Diese preschte los und machte es genauso.
Dann war Julia an der Reihe. Carolin reichte ihr die Socke und sie ließ Spikey antraben. Den Eimer zu

treffen war nicht sonderlich schwer, weil er ziemlich groß war. Auch das Absitzen, Socke aufsammeln, Aufspringen und Zurückreiten klappte reibungslos, doch als sie die Start- und Ziellinie ereichte, schüttelte Svea unzufrieden den Kopf. »Wir sind viel zu langsam«, stellte sie mit einem Blick auf die Armbanduhr fest. »Auf den Turnieren gibt es Teams, die bei diesem Spiel ein Drittel weniger Zeit benötigen.«

»Ja, die Zwissauer Mounties zum Beispiel.« Carolin nickte. »Wenn wir gegen die bestehen wollen, werden wir noch mächtig üben müssen. Zwei Wochen sind nicht viel.«

»Und übermorgen sind die Ferien zu Ende«, fügte Julia hinzu.

»Na, dann wissen wir schon, was wir in den nächsten vierzehn Tagen jeden Nachmittag machen.«

Svea redete, als hätte keine von ihnen in den kommenden Tagen etwas anderes zu tun als sich auf die Mounted Games vorzubereiten.

»Vorausgesetzt, wir dürfen alle zusammen daran teilnehmen.« Carolin sah sich gezwungen, Sveas überschwänglichen Eifer ein wenig zu dämpfen.

»Das klappt bestimmt, da bin ich mir ganz sicher.« Svea ließ sich nicht beirren. »Aber du hast Recht, richtig trainieren können wir erst, wenn wir wissen, wer noch zu unserer Mannschaft gehört. Trotzdem können wir schon mal anfangen.« Sie schwang sich aus dem Sattel, um die Socken aus dem Eimer zu holen, und ein neuer Trainingsdurchgang begann.

Nach einer knappen Stunde legten die drei eine erste Pause ein. Es war wieder sehr warm geworden. Die Sonne hatte sich durch die Wolken gekämpft und schien nahezu ungehindert auf den Reiterhof hinab.
»Puh, ich hol mir erst mal eine Limo.« Carolin nahm die Reiterkappe ab und lenkte Derry in den Schatten eines hohen Baumes, der am Rande des Platzes stand.
»Bringst du mir eine mit?«, fragte Julia, die schon mit Svea auf dem schattigen Zaun hockte.
»Na klar!« Carolin saß ab und reichte Svea Derrys Zügel. »Dir auch?«, wollte sie wissen.
»Ja, gern.«
»Macht fünfzig Cent.« Carolin streckte erst Julia und dann Svea die Hand entgegen. Die beiden Mädchen reichten ihr das Geld. Als sie sich umwandte, um sich auf den Weg zur Reiterklause zu machen, rief Svea ihr nach: »Und vergiss nicht am schwarzen Brett nachzusehen, ob die Liste schon aushängt!«
»Jawohl, Chef!« Carolin deutete lachend eine übertriebene Verbeugung an und sauste los.
»Diese Reiterspiele sind wirklich Klasse«, meinte Julia. »Richtig fetzig. Ich frage mich, warum so etwas in Auerbach nicht angeboten wurde. Die ständigen Galoppwechsel, um die Stangen zu umrunden, das hohe Tempo und die vielen Schwierigkeiten, die dabei zu meistern sind – das ist eine tolle Idee. Genau das, was ich am Reiten so liebe.« Julia hatte vor Aufregung rote Wangen.
Die Theorie über Mounted Games am Vorabend war

für sie zwar sehr interessant gewesen, aber kein Vergleich dazu, sich aufs Pferd zu setzen und die Spiele selbst auszuprobieren.

»Das finden die meisten«, stimmte Svea ihr zu. »Deshalb herrschte gestern auch so ein Gedränge am schwarzen Brett.« Sie grinste. »Außer Anita natürlich. Die hält das alles für total kindisch.«

»Na, auf Anitas Meinung kann ich verzichten. »Seit sie bei den Deutschen Juniorenmeisterschaften Fünfte in der Dressur geworden ist, hat sie für uns kaum noch einen Blick übrig ...«

»... und fachsimpelt die ganze Zeit mit Katja übers Dressurreiten.« Svea nickte. »Ich möchte bloß wissen, warum sie ihre White Lady immer noch auf der Danauer Mühle stehen hat. Angeblich würde sie sie doch viel lieber auf Gut Schleen unterstellen.«

»Vielleicht weil Anna Witte, die Dritte der Deutschen Meisterschaften, dort reitet«, vermutete Julia. »Ich kann mir gut vorstellen, dass es für Anita unerträglich ist, mit jemandem zu reiten, der nachweislich besser ist als sie.«

»Schon möglich.« Svea seufzte. »Dann wird uns das Fräulein von der Heyde wohl noch eine Weile erhalten bleiben. Schade, eigentlich hatte ich gehofft ...«

In diesem Augenblick bog Carolin um die Ecke des Wellblechschuppens. Sie hielt die drei Limoflaschen in den Händen und rief etwas, das die beiden nicht verstehen konnten.

»Wir sind aufgestellt!«, japste sie, als sie näher kam.

»Alle zusammen. Jugendklasse. Super, nicht?« Sie setzte sich ebenfalls in den Schatten, reichte ihren Freundinnen die Limoflaschen und nahm einen großen Schluck. »Frau Deller hat drei Mannschaften gebildet. Zwei in der Jugend- und eine in der offenen Klasse«, ergänzte sie schließlich.
»Und wer reitet noch in unserer Mannschaft?« Svea war die Spannung anzusehen, doch Carolin zögerte.
»Nun, das wirst du nicht so gern hören«, sagte sie.
»Sag schon, wer ist es?«, drängte Svea, die kaum noch stillsitzen konnte. »Wie viele? Eine oder zwei?«
»Nur eine. Ich hab Frau Deller getroffen und sie gefragt, warum es nur eine ist. Sie behauptet, dass sie nur neun Mädchen unter vierzehn Jahren hat, denen sie ein solches Turnier zutraut. In der anderen Mannschaft sind fünf und wir sind deshalb leider ...«
»Nun mach es nicht so spannend, wer ist es?«, fragte Svea genervt und versuchte eine Wespe zu vertreiben, die sich im Anflug auf ihre Limo befand.
»Moni.«
»Moni?«
»Ja.«
»Ach, du dickes Ei!« Fassungslos starrte Svea auf ihre Limoflasche und beobachtete ohne echtes Interesse, wie die Wespe naschend auf dem Flaschenhals herumkrabbelte.
Ausgerechnet Moni, die von den vier Mannschaftsmitgliedern mit Abstand die wenigste Reiterfahrung besaß, sollte mit ihnen reiten. Aber das war nicht das

Schlimmste. Viel hinderlicher war, dass sie sich nie wirklich Zeit für etwas nahm, weil sie immer viel zu viele Dinge auf einmal machte. Reiten, Klavierunterricht, Volleyball, und seit neuestem spielte sie auch noch Tennis, nachdem sie das Aquarellmalen aufgegeben und den Computerkurs beendet hatte. Da waren die Aussichten für ein erfolgreiches Mannschaftstraining mehr als schlecht.
»Und wir sind nur vier. Dann kann sie nicht mal die Ersatzreiterin abgeben. So ein Mist, mit Moni haben wir bestimmt keine Chance.« Svea sprang vom Zaun und stellte die Limo samt Wespe auf den Boden. »Ich gehe jetzt zu Frau Deller und spreche mit ihr«, sagte sie entschlossen. »Das darf einfach nicht wahr sein. Ich bin überzeugt, dass ihr ein Fehler unterlaufen ist. Irgendjemand wird sich doch wohl als fünfter Reiter für unsere Mannschaft finden lassen.« Mit diesen Worten eilte sie davon.
Carolin und Julia sahen ihr schweigend nach.
»Ob das was bringt?«, fragte Carolin schließlich und nahm neben Julia Platz, die noch immer auf dem Zaun saß.
Diese zuckte mit den Schultern. »Keine Ahnung, aber in ein paar Minuten werden wir es wissen.«
Aus den paar Minuten wurde fast eine halbe Stunde. Julia und Carolin wurden allmählich ungeduldig. Gerade als sie sich entschlossen, die Ponys loszubinden und ebenfalls zu Frau Deller zu gehen, kam Svea wieder zurück.

»Keine Chance«, verkündete sie niedergeschlagen. »Entweder wir lassen Moni mitreiten oder wir können nicht teilnehmen. Frau Deller lässt sich nicht dazu überreden, eine fünfte Reiterin aufzustellen, weil ihr die anderen Mädchen alle zu unerfahren sind. Ich hab schon überlegt, ob ich jemand aus der anderen Gruppe zum Wechseln überreden könnte, aber Conni, Sina und Lessa hängen wie Kletten aneinander, und Mareike und Clara werden auch nicht in verschiedenen Mannschaften reiten wollen.«
»Das heißt ...«, begann Carolin.
»... dass ich heute Abend ein ernstes Gespräch mit Moni führen werde«, beendete Svea den Satz für sie. »Wenn sie es sich mit uns nicht auf ewig verderben will, wird sie ihren unzähligen Terminen in den nächsten zwei Wochen fernbleiben müssen. Schließlich hat sie sich freiwillig für die Mounted Games eingetragen, da kann man Einsatz erwarten.«
»Und du meinst, das klappt?« Carolin schien so ihre Zweifel zu haben.
»Hoffen wir das Beste.« Svea wandte sich um und ging zu Yasmin, um sie loszubinden. »Aber jetzt wird erst mal weitertrainiert.«

Mannschaft in Gefahr

Entgegen allen Befürchtungen war Moni sofort bereit, sämtliche Termine bis zu den Mounted Games abzusagen und nur für die Wettkämpfe zu trainieren. Für die sommersprossige Dreizehnjährige mit den roten Haaren war es das erste Mal, dass sie so ein Turnier ritt, deshalb sollte es auf keinen Fall an ihr liegen, wenn die Mannschaft schlecht abschnitt.
So gehörten die beiden letzten Ferientage ausschließlich dem Training, und als die Schule am Donnerstag wieder anfing, trafen sich die Mädchen nachmittags auf dem Reiterhof. Inzwischen war es allerdings sehr eng auf dem Reitplatz geworden, denn die anderen Mannschaften der Danauer Mühle nutzten ebenfalls jede freie Minute, um sich im Sockensammeln, Flaggenrennen oder Luftballonstechen zu üben.
Am Samstag war es besonders schlimm. Als Julia mit ihrem Fahrrad über die Landstraße zur Danauer Mühle radelte, konnte sie schon von weitem sehen, dass der Parkplatz des Reiterhofs rappelvoll war.
»Sieht aus, als ob es heute sehr eng wird!«, rief ihr jemand zu. Ein silbergrauer Van rollte langsam an Julia vorbei. Sie erkannte Moni, die das Fenster auf der Beifahrerseite heruntergedreht hatte und ihr umständlich zuwinkte. Mit einer Hand musste sie ihre

Brille festhalten, die ihr bei den vielen Schlaglöchern in der Straße immer wieder von der Nase zu rutschen drohte.
»Das fürchte ich auch«, erwiderte Julia. »Vielleicht sollten wir heute lieber auf der Hauskoppel reiten.«
Moni wollte etwas antworten, kam jedoch nicht mehr dazu, denn ihre Mutter musste Gas geben, um einem entgegenkommenden Fahrzeug Platz zu machen. »Bis gleich!«, rief sie deshalb nur und kurbelte das Fenster wieder hoch.
Die beiden Autos hinterließen eine Staubwolke, die Julia mit angehaltenem Atem durchquerte. Hoffentlich kommen die Straßenbauer schnell voran, dachte sie und blickte zu der kleinen Planierraupe hinüber, die am Wegrand auf den nächsten Einsatz wartete. Wie Frau Deller es im Frühjahr angekündigt hatte, wurde seit ein paar Wochen daran gearbeitet, die Straße zum Reiterhof zu teeren. Die Arbeiter hatten mit der Einfahrt zur Danauer Mühle begonnen und sich allmählich einige hundert Meter den Weg entlanggearbeitet. Für die Pferde entstand gleichzeitig ein breiter Sandweg auf der Böschung, der parallel zur Straße auf Höhe des alten Trampelpfades angelegt wurde. Bis zur Hauptstraße war es allerdings noch ein guter Kilometer und Julia wagte zu bezweifeln, dass die neue Straße wirklich bis zum Herbst fertig wurde. Trotzdem war sie froh über jeden Meter Asphalt, auf dem sie fahren konnte. Als sie die neue Straße erreichte, trat sie besonders kräftig in die Pe-

dale und lauschte dem sirrenden Geräusch der Fahrradreifen, die nun mit spielerischer Leichtigkeit über den Teer rollten.
Auf der abschüssigen Einfahrt zum Reiterhof bekam sie allerdings so viel Schwung, dass sie stark bremsen musste, um nicht mitten ins Viereck hineinzurasen. Dabei wäre sie fast mit Monis Mutter zusammengestoßen, die ihren Van auf dem überfüllten Parkplatz hinter der blauen Halle gewendet hatte und wieder zur Einfahrt abbiegen wollte.
»Mann, das war aber knapp«, keuchte Julia, die immer noch erschrocken aussah, als sie zu Svea und Moni ans Viereck kam.
»Stimmt. Fast hätte unser neues Auto eine dicke Beule bekommen«, meinte Moni.
»Eine Beule?«, brause Svea auf. »Ist das alles, was dir dazu einfällt? An Julia denkst du wohl gar nicht?«
»Entschuldigung, ich hab es nicht so gemeint.« Moni sah betreten zu Boden.
»Ach, ist schon gut«, warf Julia ein, um keinen Streit aufkommen zu lassen. »Ich ...«
»... wäre selbst schuld gewesen, wenn ich mir alle Knochen gebrochen hätte«, ertönte eine spöttische Stimme von hinten.
»Halt dich da raus, Anita.« Svea brauchte sich nicht einmal umzusehen, um zu erkennen, von wem die spitze Bemerkung kam. »Niemand hat dich um deine Meinung gebeten.«
»Ich bin nun mal eine aufmerksame Beobachterin«,

erwiderte Anita, als hätte sie den boshaften Unterton in Sveas Worten nicht gehört, und biss in eine Banane. »Es ist nicht das erste Mal, dass eine von euch die Einfahrt in einem Affentempo herunterkommt«, sagte sie kauend. »Nicht auszudenken, was geschieht, wenn euch mal ein Pferd vors Rad läuft.«
»Oh, Anita, es ist wirklich rührend, wie du um unsere Gesundheit besorgt bist«, höhnte Svea.
»Um dich mach ich mir doch keine Sorgen.« Anita rümpfte entrüstet die Nase. »Ich denke an die Pferde. Du hast keine Ahnung, wie schwer sie sich an euren Drahteseln verletzen könnten.«
»Also, du bist doch ...« Svea konnte ihren Ärger nur mit Mühe unterdrücken.
»Lass gut sein.« Julia legte ihr beruhigend die Hand auf den Arm, während sie Anita mit einem abfälligen Blick musterte. »Du verschwendest deine Energie. Heb sie dir lieber fürs Training auf.«
»Ach ja!«, rief Anita in gespielter Überraschung aus. »Das Training! Ihr wollt an diesem kindischen Quatschturnier auf Gut Schleen teilnehmen. Da muss man so irrsinnig schwierige Sachen machen wie Müll sammeln und Luftballons zerpiksen, nicht wahr?« Sie grinste breit. »Da musst du dich natürlich schonen, Svea, sonst wirst du noch ...«
»Halt bloß die Klappe, Anita!«, zischte Svea, die sich kaum noch beherrschen konnte.
Anita hatte jedoch nicht vor, sie in Ruhe zu lassen. »Ich kann verstehen, dass auch Mädchen, die bei

qualifizierten Turnieren niemals eine Chance hätten, hin und wieder eine kleine Anerkennung brauchen«, sagte sie von oben herab. »Und sei es beim Müll aufsammeln ...«
»Das heißt Abfall sammeln«, knirschte Svea.
»Abfall oder Müll, das ist kein Unterschied.« Anita hielt die Bananenschale in die Höhe und warf sie mit einer lässigen Bewegung hinter sich. »Guck mal, Svea, da liegt Müll herum«, meinte sie und deutete grinsend über die Schulter. »Willst du mir mal zeigen, was du schon alles gelernt hast?«
»Darauf kannst du dich verlassen, aber es ist bestimmt nicht das, was du sehen willst.« Svea schob Julias Hand beiseite, die sie zurückhalten wollte, und trat mit blitzenden Augen auf Anita zu.
Diese spürte, dass sie zu weit gegangen war, und wich vorsichtshalber einen Schritt zurück.
»Ganz ruhig, Svea«, murmelte sie und hob beschwichtigend die Hand. »Du willst doch nicht deine Energie ...«
Weiter kam sie nicht, denn in diesem Augenblick klatschte ihr die Bananenschale mitten auf den blonden Scheitel. Die Seiten fächerten auseinander und breiteten sich wie ein schlapper, braun-gelber Hut über Anitas Kopf. Alles brüllte vor Lachen.
»Igitt!« Anita tastete angewidert auf ihrem Kopf herum, fischte die Bananenschale mit spitzen Fingen aus den Haaren und ließ sie fallen.
»Ich glaube, die hast du eben verloren.« Carolin, die

als Letzte auf dem Reiterhof angekommen war, hatte das Streitgespräch mitbekommen und sich unbemerkt hinter Anita geschlichen.
»Carolin!«, giftete Anita, fuhr herum und hob die Hand. Es sah so aus, als wolle sie Carolin die Bananenschale um die Ohren schlagen, doch dann besann sie sich und beschränkte sich darauf, sie mit einem vernichtenden Blick zu strafen. »Das wirst du mir noch büßen«, schnaubte sie wütend und stapfte mit zorngerötetem Gesicht davon.
»He, das war supercool«, japste Moni, die nicht aufhören konnte zu lachen.
»Ja, klasse gemacht.« Julia wischte sich eine Träne aus dem Auge. »Und genau im richtigen Moment.« Sie ging zu Svea, die Anita aufgebracht hinterherstarrte, und legte ihr den Arm um die Schulter. »Ich hatte schon Angst, du würdest auf sie losgehen.«
»Das wäre ich auch. Garantiert. Diesmal hat sie es wirklich zu weit getrieben«, murmelte Svea. »Wenn Carolin nicht gekommen wäre, hätte Anita jetzt ein blaues Auge.«
»Ich glaube, von allen ausgelacht zu werden trifft sie viel härter als ein Faustschlag«, sagte Carolin. »Hat richtig Spaß gemacht.«
»Also, ich weiß nicht, sie war ganz schön sauer«, meinte Moni nun wieder ernst. »Hast du keine Angst, dass sie sich irgendwas Gemeines ausdenkt? Anita kann ziemlich nachtragend sein.«
»Und wenn schon. Da mach ich mir jetzt keine Ge-

danken drüber.« Carolin bückte sich, um ihren Reithelm aufzuheben, und wechselte das Thema. »Nun, was stehen wir hier noch rum? Wir wollten heute doch das Kartonrennen üben.«

Kurze Zeit später mussten die Freundinnen jedoch feststellen, dass der Reitplatz hoffnungslos überfüllt war und sie keine geeignete Bahn für das Kartonrennen aufbauen konnten.

»Was nun?« Svea, die Yasmin am Zügel hielt, machte ein betretenes Gesicht.

Doch Carolin hatte bereits eine Idee. »Dann machen wir heute eben etwas, das sich auch ohne richtige Bahn üben lässt«, erklärte sie munter. »Was haltet ihr vom Dreibeinrennen? Dafür brauchen wir bloß einen alten Sack und ein bisschen Platz.«

»Aber hier ist heute kein Platz«, warf Moni ein, schaute auf ihre Armbanduhr und ächzte. »So ein Mist! Jetzt habe ich extra die Tennisstunde sausen lassen und wir können gar nicht trainieren.«

»Und die Pferde haben wir auch umsonst aufgezäumt«, meinte Svea betrübt.

»Blödsinn!« Carolin ließ sich nicht beirren. »Das Dreibeinrennen können wir auch auf der Hauskoppel üben.«

»Wenn Frau Deller es erlaubt«, ergänzte Svea in einem Tonfall, der deutlich machte, dass sie nicht so recht daran glaubte. »Du weißt ganz genau, dass das verboten ist.«

»Klar weiß ich das. Aber heute ist ein Notfall. Ich werde gleich mal hinlaufen und sie fragen, sonst stehen wir hier noch bis Mittag herum. Hier, halt mal!« Carolin reicht Julia Derrys Zügel und lief in Richtung Anmeldung davon.
Ein paar Minuten später kam sie mit einem alten Futtersack in der Hand zurück.
»Wir dürfen!«, rief sie und strahlte übers ganze Gesicht. »Es war nicht schwer, Frau Deller davon zu überzeugen, dass wir unbedingt trainieren müssen. Sie hat nämlich gerade erfahren, dass die Zwissauer Mounties, der größte Mounted-Games-Verein im Norden, vier Mannschaften in der Jugendklasse für das Turnier auf Gut Schleen gemeldet haben. Wenn wir uns gegen die behaupten wollen, haben wir noch eine Menge Arbeit vor uns.« Sie nahm Julia Derrys Zügel ab und machte sich auf den Weg zur Hauskoppel. »Aber sie sagt, wir sollen vorsichtig sein, weil es auf der Koppel viele Maulwurfshügel und Löcher von Wühlmäusen gibt. Ich hab ihr fest versprechen müssen, dass wir uns die Bahn, auf der wir reiten wollen, sehr genau ansehen, bevor wir beginnen.«
»Ach, die gute Frau Deller«, Svea drehte die Augen in gespielter Verzweiflung zum Himmel und legte die Hand auf das Herz, »macht sich immer so viele Sorgen um uns.« Sie zwinkerte Julia verschwörerisch zu. »Wenn sie wüsste, wo wir uns auf den Ausritten so herumtreiben, würde sie uns gewiss nicht mehr allein losziehen lassen.«

Julia lachte. »Besser sie erfährt es nicht, sonst schickt sie uns womöglich einen Aufpasser mit.«
Inzwischen hatten die vier das Tor zur Hauskoppel erreicht. Während Carolin und Julia es öffneten, führten die anderen die Ponys hindurch. Nach einigem Suchen entschieden sie sich dafür, an der rechten Seite der Koppel zu trainieren, da sich in der Mitte der kleine Hügel erhob, hinter dem ein Bach die Weide auf natürliche Weise begrenzte.
»Hier sind wir richtig«, meinte Carolin und deutete den Zaun entlang. »Der Boden ist zwar nicht so eben wie auf dem Reitplatz, aber immerhin ist es eine lange, halbwegs gerade Bahn, und«, sie warf einen prüfenden Blick über die Weide, »es sieht ganz so aus, als ob hier keine Maulwurfshügel sind.« Sie deutete zunächst auf den Zaun, dann nach vorn und sagte: »An diesem Pfosten ist unsere Startlinie und dahinten an dem kleinen Busch ist das Ziel. Wer will sich dort hinstellen?«
»Ich gehe«, sagte Moni. Sie saß schon im Sattel und schnalzte mit der Zunge, damit Nikki sich wieder in Bewegung setzte.
»Ich auch.« Svea saß ebenfalls auf und folgte ihr mit Yasmin.
»Gut, dann ist Moni Reiter Nummer zwei und du, Svea, bist Nummer vier«, bestimmte Carolin. »Wir haben das ja schon zweimal geübt.« Mit dem Sack in der Hand schwang sie sich auf Derrys Rücken. »Willst du als Erste oder als Dritte reiten, Julia?«

»Fang du an, ich warte.« Julia hatte es nicht eilig. Auch sie war aufgesessen und beobachtete vom Sattel aus, wie Moni und Svea an der Ziellinie Aufstellung nahmen. Dann hörte sie, wie Carolin Derry antrieb und mit dem Sack in der Hand auf Moni zupreschte. Drüben angekommen sprang sie vom Pferd und hielt Moni den geöffneten Sack hin. Beide stiegen mit einem Bein hinein und begannen, die Ponys am Zügel führend, wieder auf Julia zuzulaufen.
»Ihr müsst den Sack höher ziehen!«, rief Julia ihnen zu. Die Regel besagte nämlich, dass der Sack beim Laufen bis über die Knie gezogen werden muss. Doch die beiden Mädchen hörten sie nicht. Moni bekam bei dem komischen Gehumpel einen Kicheranfall und wäre beinahe hingefallen, wenn Carolin sie nicht geistesgegenwärtig am Arm festgehalten hätte. »Alberne Gans«, knurrte Carolin mürrisch, als sie den Sack an der Startlinie abstreifte und an Julia weiterreichte. »Wenn dir so etwas während des Wettkampfs passiert, können wir einpacken. Du bist dran, Julia.«
Julia nahm den Sack in Empfang und ließ Spikey antraben. Auf dem weichen Boden der Weide war der Zweischlag der Hufe kaum zu spüren und sie hatte das Gefühl, über den Platz zu fliegen. Svea, die schon die Hand nach dem Sack ausstreckte, kam rasend schnell näher. Julia wechselte den Futterbeutel von der rechten in die linke Hand, um ihn ihr zu geben. Doch wenige Meter, bevor sie die Ziellinie erreichte,

trat Spikey plötzlich mit dem Vorderhuf in ein Wühlmausloch, das vom hohen Gras verdeckt war. Das gescheckte Pony knickte mit dem rechten Bein ein und strauchelte. Julia wurde von dem Schwung mitgerissen und flog in hohem Bogen über Spikeys Widerrist. Die Zügel entglitten ihren Händen und sie sah das Grün der Wiese wie in Zeitlupe unter sich vorbeiziehen. Instinktiv versuchte sie sich abzurollen, doch der stechende Schmerz, der ihr beim Aufprall durch den Arm schoss, machte aus der Bewegung ein unkontrolliertes Kullern. Julia rollte noch einige Meter über das Gras und sah verschwommen, wie Svea sich über sie beugte. Dann schlug eine Woge von Schmerz und Übelkeit über ihr zusammen und es wurde dunkel.

»Da, sie macht die Augen auf.«
»Oh, Gott sei Dank.«
»Soll ich Frau Deller holen?«
»Nein, erst wenn wir wissen, wie es ihr geht. Halt, Svea, nicht anfassen, sie könnte sich verletzt haben.«
»Aber der Arm muss ...«
»Finger weg, sag ich! Julia?« Das war Carolins Stimme. »Julia, kannst du mich hören? Bist du verletzt?«
Verletzt? Julia blinzelte benommen. Wo war sie? Was war geschehen? Warum hockten Moni, Svea und Carolin um sie herum? Sie konnte die Gesichter ihrer Freundinnen nur verschwommen sehen, doch die Stimmen waren unverkennbar.

»Julia, sag doch was.« Ein ängstlicher, fast weinerlicher Ton schwang in Sveas Stimme mit.
Julia öffnete den Mund, um zu antworten, aber sie musste husten und brachte kein Wort heraus. Hinter ihrer Stirn begann ein wütender Kopfschmerz zu hämmern.
Irgendwo ganz in der Nähe hörte sie das Schnauben eines Pferdes und das vertraute Geräusch brachte die Erinnerungen zurück. Das Dreibeinrennen. Sie war gestürzt und vermutlich ohnmächtig geworden.
Wie lange mochte das her sein? Der nächste Gedanke galt ihrem Pony. Hoffentlich ist Spikey nichts passiert, dachte sie und wollte sich aufrichten, aber ein heftiger Schmerz im rechten Arm ließ sie den Versuch sofort wieder abbrechen. Ächzend sank sie zurück. Fast wäre ihr Kopf dabei auf den Boden geschlagen, doch jemand fing sie auf. Julia spürte eine Hand, die ihren Hinterkopf stützte, und bemerkte, dass sie ihre Reitkappe verloren hatte.
»Julia, was ist? Hast du Schmerzen? Sag doch endlich was.« Carolin klang zutiefst besorgt.
»Spikey?«, presste Julia hervor.
»Deinem Pony geht es prima, ihm ist nichts geschehen«, sagte Svea schnell. »Er grast mit den anderen am Zaun. Aber was ist mit dir?«
»Mein ...« Arm tut weh, wollte Julia antworten, doch etwas hielt sie davon zurück, ihren Freundinnen die Wahrheit zu sagen. Stattdessen biss sie die Zähne zusammen und startete erneut einen Versuch, sich auf-

zusetzen, indem sie sich nur mit der linken Hand abstützte.

»Nun sag schon: Was ist los?« Carolin kam ihr zu Hilfe und hielt sie im Rücken, bis sie einigermaßen sicher saß.

»Ich hab mir wohl den Arm verknackst«, log Julia und wischte sich verstohlen eine Träne von der Wange. Ihren rechten Arm als verknackst zu bezeichnen, war maßlos untertrieben, doch sie wollte auf jeden Fall verhindern, dass die anderen bemerkten, wie schlimm es wirklich war.

»Ist er gebrochen?«, wollte Moni wissen.

»Keine Ahnung.«

»Kannst du ihn denn bewegen?«, fragte Svea.

»Ein wenig.« Julia drehte den Kopf, um zu sehen, ob sie am Arm blutete, konnte aber außer ein paar Grasflecken und kleinen Schrammen nichts erkennen.

»Und sonst? Tut dir sonst noch was weh?«, erkundigte sich Carolin.

»Du meine Güte, ist das nicht schon genug?«, fragte Svea aufgebracht. »Hoffentlich ist der Arm nicht gebrochen, sonst können wir das Turnier vergessen. Alle! Ohne Julia brauchen wir da gar nicht erst hinzureiten.«

»Wie kannst du jetzt an das Turnier denken?«, blaffte Carolin sie an. »Julia hätte sich den Hals brechen können. Und du denkst bloß an dich und die Mounted Games.« Sie schüttelte verärgert den Kopf und wandte sich wieder freundlich an Julia. »Ist es wirk-

lich nur der Arm?«, fragte sie noch einmal. »Oder hast du auch noch andere Schmerzen?«
»Mein Kopf brummt ein bisschen«, meinte Julia und hob die unverletzte Hand an die Stirn. »Sonst geht es mir gut.«
»Soll ich jetzt Frau Deller holen?«, fragte Moni dazwischen.
Carolin nickte. »Ja, lauf schnell zu ihr und sag, dass Julia gestürzt ist und Hilfe braucht.«
»Gut, ich bin gleich wieder da.« Moni stand auf und wollte loslaufen, doch Julia hielt sie zurück.
»Moni, warte!«, rief sie, wobei sie versuchte so normal wie möglich zu klingen. »Du brauchst Frau Deller nicht zu holen. Es geht schon wieder. Ich muss mich nur ein wenig ausruhen, dann können wir weitermachen.«
»Julia, bist du verrückt?«
»Du musst zu einem Arzt.«
»Wenn es nun was Schlimmes ist ...«
»Die Versicherung muss sofort ...«
Alle redeten aufgeregt durcheinander, doch Julia hörte ihnen nicht zu. Der Gedanke, dass ihr Arm wirklich gebrochen sein könnte, machte ihr große Sorgen. Sie allein wäre schuld daran, wenn die anderen nicht bei den Mounted Games antreten könnten. Warum hatte sie nicht besser Acht gegeben? Wieder zuckte ein heftiger Schmerz durch ihren Arm und trieb ihr erneut die Tränen in die Augen. Der Arm war hundertprozentig gebrochen. Nicht ge-

staucht oder geprellt – gebrochen! Vier Wochen Gips waren ihr sicher.
Julia schluchzte und diesmal waren es nicht die Schmerzen, die ihr die Tränen in die Augen trieben. Das war so ungerecht. Das durfte einfach nicht wahr sein. Wenn es bloß einen Weg gäbe, alles ungeschehen zu machen, dachte sie. Wenn ich die Zeit doch nur ein paar Minuten zurückdrehen könnte, dann würde ich besser aufpassen. Wenn, wenn, wenn ...
Da saß sie nun, mit einem nutzlosen rechten Arm, der für sie und ihre Freundinnen den Traum von den Mounted Games zerstörte.
Julia seufzte tief. Ohne auf die Worte der anderen zu hören, die pausenlos auf sie einredeten, starrte sie zu Boden, als könnte sie dort eine Lösung finden.
Ich muss nach Hause! Der Gedanke kam wie von selbst. Zu Hause würde sie allein sein und in Ruhe darüber nachdenken können, wie es weitergehen sollte. Wie aus weiter Ferne hörte sie die Stimmen ihrer Freundinnen, die noch immer versuchten, sie zur Vernunft zu bringen und dazu, einen Arzt aufzusuchen. Aber Julia wollte nicht vernünftig sein und schon gar keinen Arzt. Niemand sollte erfahren, wie es wirklich um sie stand, bevor sie nicht in Ruhe über alles nachgedacht hatte.
»Ihr habt Recht, aufs Reiten sollte ich heute besser verzichten«, lenkte sie schließlich ein, damit die anderen sie nicht mehr bedrängten. Unbeholfen versuchte sie sich aufzurichten. »Ich bringe Spikey in die

Box und lege mir zu Hause einen Stapel Coolpacks auf den Arm. Ihr werdet sehen, morgen geht es mir sicher wieder besser. Aber kein Wort zu Frau Deller, okay?«

Unerwünschter Besuch

»Aber du musst zu einem Arzt«, beharrte Carolin, die es für verrückt hielt, den Unfall geheim zu halten.
»Da kann mich meine Mutter nachher immer noch hinfahren«, meinte Julia betont gelassen und zwang sich zu einem Lächeln, damit die anderen nichts von den Schmerzen mitbekamen, die sie bei jeder Bewegung peinigten. »Ist bestimmt nur eine Prellung. Ich möchte nicht, dass Frau Deller aus lauter Sorge um meine Gesundheit unsere Nennungen vorzeitig zurückzieht. Lasst uns wenigstens bis morgen abwarten. Wenn der Arm dann immer noch weh tut, gehe ich zum Arzt – versprochen.«
»Das klingt vernünftig«, räumte Svea ein, die alles zu tun bereit war, wenn sie nur nicht auf die Mounted Games verzichten musste.
»Vernünftig?« Carolin sah Svea kopfschüttelnd an. »Wenn der Arm gebrochen ist und nicht behandelt wird, kann er schief zusammenwachsen. Dann ist Julia womöglich ...«
»Aber doch nicht an einem Tag«, warf Moni ein.

Auch sie hatte große Angst, ganz umsonst auf ihre zahlreichen Termine verzichtet zu haben. »Vielleicht haben wir Glück und Julia geht es morgen schon viel besser. Sie muss den Arm schonen und mit einer Sportsalbe einreiben. Das machen die Tennisspieler auch immer.«

»Moni hat Recht. Genau so werde ich es machen«, sagte Julia fest entschlossen.

»Und wie kommst du nach Hause?«, wollte Carolin wissen, die noch immer große Zweifel daran hatte, dass sie das Richtige taten. »Mit dem verletzten Arm kannst du wohl kaum Rad fahren.«

«Ich …«, begann Julia, doch Moni fiel ihr ins Wort: »Meine Mutter holt mich in einer Stunde ab«, sagte sie. »Wir können Julias Fahrrad im Van mitnehmen und sie nach Hause bringen.«

»Danke.« Julia strahlte.

»Na, dann ist ja alles geregelt.« Svea wirkte erleichtert und fuhr an Julia gewandt fort: »Es ist besser, wenn du den Arm schonst. Ich sattle Spikey für dich ab und bring ihn auf die Weide. Bei dem Trubel heute wird es sicher nicht auffallen, wenn du es nicht selbst machst.«

»Genau, wir nehmen Spikey und Yasmin am Viereck in die Mitte, dann kannst du dich unbemerkt um beide kümmern«, schlug Moni vor und zwinkerte ihrer Mannschaftskameradin zu.

»Yep, so machen wir es.« Svea streckte die Hand aus und Moni schlug ein.

Eine halbe Stunde später waren die Ponys abgesattelt, geputzt und zum Grasen auf die Hauskoppel gebracht worden. Wie Svea richtig vermutete, hatte niemand etwas von Julias Verletzung mitbekommen. Die drei Mädchen hatten ihre Freundin zu einer schattigen Bank in der Nähe des Vierecks begleitet, von der sie ihnen mit einer Limo in der linken Hand beim Abhalftern zusah.

»Na, wie gehts dir?«, fragte Svea, als sie mit den beiden Halftern in der Hand von der Koppel zurückkam. Sie setzte sich neben Julia auf die Bank und deutete auf deren Arm. »Tut er noch sehr weh?«

»Ist auszuhalten«, log Julia und nahm einen großen Schluck aus der Limoflasche, um nicht weitersprechen zu müssen. Der Weg von der Hauskoppel bis zur Bank war für sie nicht leicht gewesen. Jeden Schritt hatte sie in dem verletzten Arm gespürt, und der Gedanke, gleich im Van durch die Schlaglöcher der Straße fahren zu müssen, war alles andere als erfreulich. Dennoch, es war die einzige Möglichkeit nach Hause zu kommen und sie biss tapfer die Zähne zusammen, damit die anderen nicht merkten, wie es wirklich um sie stand.

Am Ende war es nur halb so schlimm, wie sie befürchtet hatte.

Monis Mutter fuhr behutsam und steuerte den Wagen vorsichtig um die großen Löcher in der Straße herum. Sie war sehr besorgt, weil sie sofort gesehen

hatte, wie blass Julia war, und hatte noch einmal versucht sie umzustimmen.
Doch Julia bestand so hartnäckig darauf, dass ihr nichts fehlte und sie nur ein wenig Ruhe brauchte, dass sie es schließlich aufgab. »Gegen so viel Sturheit kann man nichts machen«, hatte sie kopfschüttelnd gesagt und Julias Mountainbike in den Kofferraum geladen. »Ich hoffe, deine Mutter schafft es, dich zur Vernunft zu bringen. Mit so einem Sturz ist nicht zu spaßen. Auch wenn der Arm, wie du sagst, schon nicht mehr so weh tut, kann er trotzdem ernsthaft verletzt sein.« Dann hatte sie Julia beim Einsteigen geholfen und sich auf den Heimweg gemacht.
Julia saß auf dem Rücksitz neben Moni. Ihr Arm ruhte auf einem Berg von Kissen, die auf den Autositzen gelegen hatten.
»Haben uns sehr viele beim Einsteigen zugesehen?«, flüsterte sie Moni zu.
»Nur eine oder zwei, die meisten waren auf dem Reitplatz oder am Viereck mit ihren Pferden beschäftigt«, erwiderte Moni. »Außerdem hatte Mutti den Van so geparkt, dass man die Schiebetür von unten nicht sehen konnte.«
»Puh, das ist gut.« Julia zwang sich zu einem Lächeln. Sie wusste, wie schnell sich Neuigkeiten auf dem Reiterhof verbreiteten, und ein Gerücht war das Allerletzte, was sie jetzt brauchen konnte.
»Julia, bei euch steht gar kein Auto in der Einfahrt!«, rief Monis Mutter von vorn, während sie den Wagen

am Straßenrand parkte. »Ist deine Mutter denn nicht zu Hause?«
»Nein, aber das macht nichts«, sagte Julia. »Sie ist wahrscheinlich nur kurz einkaufen gefahren. Ich hab einen Haustürschlüssel und kann reingehen.«
»Ich kann dich doch nicht allein lassen«, meinte Monis Mutter und runzelte die Stirn. Dann hellte sich ihre Miene auf und sie sagte: »Na gut. Aber Moni bleibt so lange bei dir, bis deine Mutter wiederkommt.« Sie schickte sich an, auszusteigen.
»Mutti, ich ...«
Julia hatte bemerkt, wie Moni bei den Worten ihrer Mutter erschrocken zusammenzuckte und ein langes Gesicht machte. Viel beschäftigt, wie sie nun mal war, hatte sie sich für den verkorksten Nachmittag vermutlich längst etwas anderes vorgenommen. Etwas, das ihr viel wichtiger war als bei Julia Kindermädchen zu spielen.
Julia war das nur recht. Auch sie wollte lieber allein sein. Dass Moni mit ins Haus kommen sollte, passte ihr überhaupt nicht. Auf dem Weg vom Reiterhof nach Hause hatte sich ganz leise eine Idee in ihrem Kopf festgesetzt. Eine Idee, die ebenso verrückt wie abenteuerlich war, die ihr aber vielleicht die einzige Möglichkeit bot, doch noch an den Mounted Games teilzunehmen – und bei deren Durchführung sie ganz gewiss keine Zuschauer brauchen konnte. »Ach, das ist nicht nötig«, sagte sie deshalb schnell. »Es geht mir schon viel besser. Ehrlich.« Vergeblich

suchte Julia nach überzeugenden Argumenten, um allein hineingehen zu können. Ihre Mutter war nämlich gar nicht einkaufen, sondern gemeinsam mit ihrem Vater zum Grillen bei dessen Chef eingeladen. Die beiden würden gewiss nicht vor Mitternacht nach Hause kommen, was Julia sehr entgegenkam.

»Also, dass du nicht zum Arzt willst, ist schon total unvernünftig«, erklärte Monis Mutter bestimmt. Sie hatte gerade die Heckklappe geöffnet und nahm das Fahrrad heraus. »Aber dass du jetzt ganz allein bleiben willst, ist unverantwortlich. Das kann ich nicht zulassen. Wenn Moni nicht bei dir bleibt, kommst du mit zu uns und ich fahre dich heim, wenn wieder jemand zu Hause ist.«

Oh nein, nur das nicht. Fieberhaft überlegte Julia, wie sie der misslichen Lage entkommen konnte. Aber es war wie verhext. Sie fand keine Lösung. Schließlich entschloss sie sich nachzugeben und Moni erst einmal mit hineinzunehmen, irgendetwas würde ihr schon einfallen, um sie loszuwerden.

Zunächst war sie dann aber doch froh, dass Moni bei ihr war, denn die Eingangstür entpuppte sich mit nur einem Arm als unüberwindliches Hindernis. Ohne die Hilfe ihrer Freundin wäre sie nicht einmal ins Haus gekommen.

»Kommt deine Mutter bald zurück?« In Monis Stimme schwang ein so hoffnungsvoller Ton mit, dass Julia aufhorchte. Also hatte sie sich vorhin im Auto nicht getäuscht. Moni hatte sich für den Nachmittag bereits etwas vorgenommen. Die beiden Mädchen hatten sich im Wohnzimmer auf die Couch gesetzt und eine Weile schweigend aus dem Fenster geschaut, wo Dutzende von Schmetterlingen um die lila Blüten des Sommerflieders flatterten, der in einem großen Kübel auf der Terrasse stand.

»Sie muss jeden Augenblick hier sein«, log Julia, die sich einen Coolpack aus dem Eisschrank auf den geschwollenen Arm gelegt hatte. »Ich hab deiner Mutter doch gesagt, dass du nicht mitkommen musst.«

»Ach, meine Mutter ist oft überängstlich.« Moni seufzte. »Um alles und jeden macht sie sich Sorgen. Es hätte ihr keine Ruhe gelassen, dich hier allein zu lassen.«

»Aber jetzt bist du ja bei mir.« Julia schenkte Moni ein dankbares Lächeln. »Da kann sie beruhigt sein.«

»Das ist sie wohl auch, aber ...« Den Rest verschluckte Moni. Ihr verkniffener Gesichtsausdruck machte allerdings ohne Worte deutlich, wie unzufrieden sie war, hier zu sein.

»Wenn ich dir den Nachmittag verdorben habe, tut es mir Leid«, sagte Julia in aufrichtigem Bedauern. »Ich wollte wirklich nicht, dass ...«

»Ist schon gut«, fiel Moni ihr ins Wort. »Du bist ja nicht absichtlich vom Pferd gefallen. Und irgendwie kann ich meine Mutter auch verstehen. Es ist nur so, dass draußen tolles Wetter ist und ich wahnsinnig gern zum Baden an den Horsterfelder See gefahren wäre. Da treffen sich heute nach dem Training alle meine Tennisfreundinnen.« Sie schaute enttäuscht zum Fenster hinaus.

»Oh, wie schade.« Julia machte ein betrübtes Gesicht. Und plötzlich hatte sie eine Idee. »Ich geh mal nach oben und reib mir den Arm mit Sportsalbe ein«, sagte sie. Auf einmal hatte sie es eilig. Ohne auf die Schmerzen in ihrem Arm zu achten, stieg sie so schnell es ging die Treppe hinauf. Oben angekommen musste sie sich kurz am Türrahmen festhalten, weil ihr schwindelig wurde. Doch das Gefühl verging wieder und sie tastete sich an der Wand entlang zum Arbeitszimmer ihres Vaters. Zielstrebig ging sie zum Schreibtisch und nahm den Telefonhörer zur Hand.

Ein Glück, dass Vati auf einen ISDN-Anschluss bestanden hat, dachte sie und wählte die Nummer des zweiten Apparates unten im Flur. Sobald sie das Telefon klingeln hörte, legte sie den Hörer auf die Tischplatte und trat wieder an die Treppe. »Ich gehe ran!«, rief sie Moni zu, während sie vorsichtig die Stufen hinunterstieg. »Das ist bestimmt meine Mutter.«

Sie nahm den Hörer ab. »Julia Wiegand«, meldete sie sich. »Hallo, Mutti! Ja, ich bin schon zu Hause. Nein, nichts Schlimmes, ich bin zwar vom Pferd gefallen, habe aber nur eine Prellung am Arm. – Ja, ich hab Salbe draufgetan. Mach dir keine Sorgen, es tut kaum noch weh. – Ach, du bist gleich zu Hause? Dann kann ich Moni ... Nein, Mutti, die Moni, die mit mir im Mounted-Games-Team reitet. Sie ist hier,

damit ich nicht allein bin, aber sie möchte gern zum Baden fahren und ... Gut, ich richte es ihr aus. – Ja, bis dann. Tschüs, Mutti.« Julia legte auf.
»Meine Mutter ist gleich hier«, wandte sie sich an Moni. »Sie sagt, wenn du noch etwas Wichtiges vorhast, kannst du ruhig losfahren.«
»Geht es dir denn wirklich besser?« Monis düstere Miene hellte sich auf. Die Aussicht, doch noch zum Horsterfelder See zu können, hob ihre Stimmung. Dann fiel ihr etwas ein. »Wie komm ich denn jetzt nach Hause?«, fragte sie. »Meine Mutter ist noch unterwegs zum Tanken, die kann ich so schnell nicht erreichen, damit sie mich abholt.«
»Kein Problem«, meinte Julia, die es nicht erwarten konnte, Moni loszuwerden. »Dann nimmst du eben mein Fahrrad.«
»Im Ernst?«, staunte Moni. »Du leihst es mir?«
»Na klar.« Julia zwang sich zu einem Lächeln und deutete auf den verletzten Arm. »Du kannst es mir morgen wiederbringen. Wie es aussieht, kann ich heute sowieso nicht mehr damit fahren.«
»Hey, super!« Mit einem Satz sprang Moni auf und trat in den Flur. »Pass aber gut auf dich auf, bis deine Mutter kommt«, mahnte sie noch, dann war sie auch schon draußen und sauste mit dem Mountainbike die Einfahrt hinunter.
Erleichtert schloss Julia die Tür. Moni vorzumachen, dass sie kaum noch Schmerzen hätte, war fast über ihre Kräfte gegangen. Lange hätte sie ihrer Freundin

das Theater nicht mehr vorspielen können. Erschöpft lehnte sie sich an die Haustür, schloss die Augen und holte tief Luft, um die Übelkeit, die der Schmerz hervorrief, zu verdrängen. Schließlich tastete sie sich mit der gesunden Hand an der Wand entlang und machte sich mit unsicheren Schritten auf den Weg in die Küche.

Was sie jetzt brauchte, waren eine flache Schale, klares Wasser – und eine gehörige Portion Glück.

Mailin! An diesen Gedanken klammerte sich Julia wie ein Ertrinkender an einen Strohhalm, obwohl sie keine Ahnung hatte, ob und auf welche Weise ihr das Elfenmädchen helfen könnte. Doch sie war entschlossen, es zumindest zu versuchen.

Hilferuf in die Elfenwelt

»Mailin!«

Leise drang die Stimme in Mailins schlaftrunkene Gedanken. Das Elfenmädchen träumte gerade davon, wie Shadow Seite an Seite mit seiner Mutter Aiofee im Mondschein auf den Wiesen des Auetals graste. Vor dem Hintergrund wallender Nebel, die sich über dem taufeuchten Boden gebildet hatten, waren auch die anderen Pferde des Elfenkönigs zu erkennen. Herrliche Schimmel, die schönsten und stolzesten, die es im Elfenreich gab.

»Mailin!« Der Ruf wurde lauter. Etwas Dringendes lag darin, doch noch war Mailin nicht bereit, den wundervollen Traum zu verlassen.

»Mailin!« Ganz in der Nähe stoben die Nebel plötzlich auf und formten das Gesicht eines Mädchens. Zunächst sah es blass und verschwommen aus, aber bald waren die Formen und Farben so deutlich zu erkennen, als blickte man in einen Spiegel. Das glatte braune Haar des Mädchens fiel offen bis auf die Schultern und die grünbraunen Augen fixierten einen Punkt irgendwo in den Nebeln.

»Mailin!« Ihre Lippen bewegten sich, während sie den Namen des Elfenmädchens rief.

Mailin stutzte. Das Gesicht kam ihr bekannt vor. Ein

Name blitzte in ihren Gedanken auf, verschwand jedoch, bevor sie ihn greifen konnte. Sie hatte das Gefühl, dass etwas Wichtiges geschah, doch die Müdigkeit hielt sie noch immer gefangen und ließ die Empfindung wirr und unnatürlich erscheinen.

»Mailin, hörst du mich?« Das Mädchen blinzelte, als versuche sie etwas zu erkennen, das seinen Augen verborgen blieb. »Ich bin es, Julia. Ich brauche deine Hilfe.«

Julia! Der Name holte Mailin aus den Träumen in die Wirklichkeit zurück. Verschlafen hob sie die rechte Hand und sah auf den silbernen Ring, der an ihrem Finger steckte. Er fühlte sich warm an und verströmte ein schwaches Licht. Mailins Herz begann vor Aufregung heftig zu pochen. Sie hatte sich nicht getäuscht. Julia rief nach ihr.

Das Elfenmädchen setzte sich auf, schlug die Decke zur Seite und schlüpfte aus dem Bett. Draußen herrschte tiefe Nacht, aber das wenige Sternenlicht, das durch das kleine Fenster ihrer Kammer fiel, reichte aus, um sich anzuziehen. Die Schlafräume der königlichen Pferdehüter waren knapp bemessen. Außer dem Stuhl, auf dem ihre Kleidung lag, und dem Bett passten nur noch ein kleiner Tisch und eine Truhe für persönliche Dinge hinein.

Mailin störte das nicht. Sie kam ohnehin nur zum Schlafen hierher. Den Tag verbrachte sie viel lieber im Stall oder auf der Weide. Doch jetzt hatte sie ein anderes Ziel. Eilends streifte sie das kurzärmlige

Hemd und die Hose aus hellem weichem Leder über und schlüpfte in ihre hohen Stiefel.
»Mailin, wo bist du?«
Obwohl Mailin jetzt hellwach war, hörte sie Julias Stimme noch immer in ihren Gedanken.
»Ich komme ja schon«, murmelte sie, ging zur Tür und verließ das Zimmer. Wie ein Schatten huschte sie durch die Flure des Gebäudes, in dem die Pferdehüter des Königs untergebracht waren, lief an den Ställen vorbei über den menschenleeren Hof und suchte sich ihren Weg zwischen den Hecken und Rabatten des großen Palastgartens, bis sie die Rückseite eines großen, weiß gekalkten Gebäudes vor sich in der Dunkelheit schimmern sah.
Der Mondtempel! Majestätisch und geheimnisvoll ragte das imposante Bauwerk hinter zwei riesigen Trauerweiden auf, die im Garten des Tempels standen. Die herabhängenden Äste der Baumgiganten verwehrten dem Betrachter teilweise den Blick auf das herrliche Bauwerk, sodass man seine wahre Größe nur erahnen konnte.
Um Atem zu schöpfen lehnte sich Mailin an den Stamm einer knorrigen Eiche und überlegte, wie sie weiter vorgehen sollte. Der Tempel selbst war nicht ihr Ziel, doch der Ort, den sie aufsuchen wollte, lag ganz in der Nähe.
Von dem Ring, den sie Julia zum Dank für die selbstlose Hilfe bei der Suche nach Shadow und dem Balsariskraut geschenkt hatte, bestand eine magische

Verbindung zum Eithel-din, dem Stillen Brunnen, der sich in der Mitte des Gartens hinter dem Mondtempel befand. Umgeben von einer hohen Hecke aus ineinander verflochtenen Weidenzweigen diente der geweihte Brunnen als Medium für die mystischen Riten der Priesterinnen. Allen anderen Elfen war es streng verboten, ihn aufzusuchen.
Das war nicht immer so gewesen. Zu der Zeit, als Enid noch Mondpriesterin am Hof des Elfenkönigs war, durfte jeder zum Eithel-din kommen. In lauen Nächten, so hatte Enid Mailin erzählt, war er ein bevorzugter Treffpunkt für Verliebte gewesen, die ihm ihre Wünsche für die Zukunft anvertrauten. Und viele, die von Kummer geplagt wurden, hatten dem Brunnen ihr Leid geklagt, in der Hoffnung, seine Magie würde ihnen helfen. Manchmal, so hatte Enid augenzwinkernd berichtet, waren die Wünsche tatsächlich in Erfüllung gegangen.
Dies alles war schon lange her. Heute verwehrte eine hohe Hecke aus dornigen Berberitzen Unbefugten den Zutritt zum Gelände des Mondtempels und der Brunnen lag die meiste Zeit verlassen inmitten des Gartens. So wie jetzt.
Mailin überlegte gerade, wie sie wohl am besten über die hohe Dornenhecke käme, als es über ihr in den Zweigen der Eiche raschelte. Sie blickte auf und erkannte einen kleinen, hellgrau gefiederten Vogel, der sich auf einem Ast ganz in der Nähe niedergelassen hatte.

»Tut mir Leid, wenn ich dich geweckt habe«, entschuldigte sie sich leise, doch der Vogel rührte sich nicht. Er starrte Mailin aus seinen winzigen dunklen Augen an und machte keine Anstalten davonzufliegen. Selbst als Mailin sich anschickte, die dicken Äste der Eiche zu erklimmen, zeigte er keine Furcht. »Na, du bist mir ja ein mutiger kleiner Kerl«, raunte Mailin ihm zu und kletterte noch ein paar Äste höher hinauf. Von hier oben konnte sie den Vogel nicht mehr sehen, hatte dafür aber eine gute Sicht auf den Tempelgarten. Er sah genauso aus, wie Enid ihn beschrieben hatte. In der Nähe des Tempels konnte sie Beete mit Kräutern und Blumen erkennen, die von niedrigen Hecken gesäumt wurden. In einem Teich spiegelte sich das Mondlicht. Hohe Büsche und Bäume standen auf den Rasenflächen zu beiden Seiten der gepflasterten Wege, die vom Tempel in den Garten führten. Sie durchzogen die gepflegte Anlage in einem kunstvoll anmutenden Muster. Doch so verschlungen der Verlauf auch war, alle Wege hatten nur ein Ziel: die mannshohe, kreisrunde Weidenhecke in der Mitte des Gartens, die den stillen Brunnen umgab. Dort musste sie hin – irgendwie und vor allem schnell.

Aufmerksam blickte Mailin sich um. Inzwischen war es nicht mehr so dunkel. Der Vollmond war aufgegangen und sandte sein helles, silbernes Licht in den Palastgarten. Die ausladende Krone der Eiche reichte fast bis an den Garten heran. In alle Richtungen ent-

faltete sie sich in ihrer ganzen Pracht. Aber dort, wo der Baum an das Tempelgelände grenzte, waren die unteren Äste unmittelbar vor der Dornenhecke abgesägt worden. Offensichtlich sollte damit verhindert werden, dass sie darüber hinauswuchsen. Die vielen hellen Schnittstellen waren im Mondlicht gut zu erkennen. Ein deutliches Zeichen dafür, dass die Äste erst vor kurzem abgeschnitten worden waren. Mailin schimpfte leise vor sich hin. Aus ihrem Plan, die Hecke auf den Ästen des Baumes zu überwinden, würde wohl nichts werden. Enttäuscht sah sie sich um und dachte nach. Da entdeckte sie zu ihrer Überraschung weiter oben noch ein paar dicke Äste, die über die Hecke hinausragten und stark genug schienen, ihr Gewicht zu tragen.
Das war ihre Chance. Doch um sie nutzen zu können, brauchte sie ein langes und dickes Seil – und sie wusste auch schon, wo sie das finden konnte. Schnell kletterte sie vom Baum hinab und lief durch den Palastgarten in Richtung der Stallungen.
Kurze Zeit später kehrte sie wieder zurück und erklomm die Eiche erneut. Über ihrer Schulter hing ein langes Seil, das sie in den Ställen gefunden hatte. Es war ein griffiges und dickes Tau von sechs Metern Länge, das ihren Händen Halt bieten würde ohne einzuschneiden.
Mehr als vier Meter über dem Boden fand Mailin einen Ast, dessen Ende sich bis über die Dornenhecke erstreckte. Zunächst konnte sie aufrecht da-

rauf gehen, aber er verzweigte sich und wurde immer dünner. Mailin kniete sich hin und kroch auf allen vieren vorwärts. Schließlich ging auch das nicht mehr. Der Ast ächzte unter ihrem Gewicht und bog sich nach unten, doch noch hatte sie die Hecke nicht überwunden. Um die Last besser zu verteilen, legte sich Mailin flach auf den Ast und schob sich vorsichtig bäuchlings über die raue Rinde. Endlich sah sie die Hecke unter sich. Noch einen Meter, dann hatte sie es geschafft. Liegend knotete sie das eine Ende des Seils an dem Ast fest. Das andere Ende behielt sie in der Hand. Nachdem sie sich durch Ziehen und Zerren vergewissert hatte, dass die Knoten halten würden, richtete sie sich auf und warf einen prüfenden Blick nach unten.

Mit etwas Glück würde sie es schaffen, mithilfe des Seils vom Ast in den Tempelgarten zu gelangen, ohne mit den Dornen der Hecke in Berührung zu kommen. Die Entfernung zu den Berberitzen war kein Problem. Aber die Höhe! Nie zuvor war Mailin aus einer solchen Höhe an einem Seil hinabgeklettert. Das Elfenmädchen schloss die Augen und atmete tief durch. Sie wollte nicht ängstlich sein. Nicht jetzt, wo Julia ihre Hilfe brauchte.

Ohne hinunterzublicken ergriff sie das Seil mit beiden Händen und schwang die Beine vom Ast. Ein paar bange Augenblicke baumelte Mailin so in der Luft, dann fanden ihre Beine das Seil und klammerten sich daran fest. Meter um Meter rutschte sie an

dem dicken Tau hinab. Obwohl sie dem Brunnen so nahe war, wurde Mailin plötzlich von einer seltsamen Unruhe erfasst. Sie hatte Julia schon lange nicht mehr gehört. Hoffentlich hatte ihre Freundin den Versuch, sie zu erreichen, nicht längst aufgegeben.
In diesem Moment spürte Mailin das weiche, feuchte Gras unter den Sohlen ihrer Stiefel und ließ das Seil los. Mit einem kurzen Rundblick vergewisserte sie sich, dass sie allein war, und rannte so schnell sie konnte auf den Brunnen zu.
Oben im Baum hatte sich die Grauammer auf dem Ast, an dem das Seil hing, niedergelassen und beobachtete aufmerksam, wie Mailin zum Brunnen hastete. Doch das Bild, das sich dem kleinen Vogel bot, blieb seiner Herrin diesmal verborgen. Lavendra schlief tief und fest in ihrem Gemach und ahnte nichts von dem, was sich draußen im Garten des Tempels zutrug.

Missmutig pflückte sich Julia eine Weintraube von der Rebe ab, die vor ihr in einer Schale auf dem Couchtisch lag. Nachdem ihre Rufe an Mailin unbeantwortet geblieben waren, hatte sie sich im Wohnzimmer in ihren Lieblingssessel gekuschelt und darüber nachgedacht, wie es nun weitergehen

sollte. Inzwischen ärgerte sie sich mächtig darüber, dass sie an den Quatsch mit dem magischen Ring geglaubt hatte.
Sie hätte den Tatsachen von Anfang an ins Auge sehen und zum Arzt gehen sollen. Doch statt vernünftig zu handeln, hatte sie sich wie ein eigensinniges Kind an die idiotische Idee geklammert, dass sie wie im Märchen von irgendwoher magische Hilfe erhalten würde.
»Oh, Julia, was bist du doch naiv!«, schalt sie sich selbst und starrte gelangweilt auf den Fernsehschirm. Eigentlich lief um diese Zeit immer ihre Lieblingssendung, doch irgendwo gab es mal wieder so ein superwichtiges Fußballspiel, von dem die Fernsehbosse anscheinend glaubten, dass es alle Zuschauer brennend interessierte.
Mittlerweile war es später Nachmittag. Draußen neigte sich die Sonne bereits nach Westen und im Garten konnte Julia die ersten Heupferde leise zirpen hören. Die Coolpacks waren längst geschmolzen und lagen wieder im Eisfach, doch der Arm tat immer noch sehr weh, wenn sie ihn bewegte.
Wenn ich Mutti anrufe, könnte sie mich ins Krankenhaus fahren, dachte Julia. Die Telefonnummer, unter der ihre Eltern an diesem Abend zu erreichen waren, lag für Notfälle bereit. Doch noch zögerte Julia. Wenn sie ihre Mutter anrief, konnte sie die Mounted Games endgültig abschreiben, so viel war sicher. Und nicht nur das. Mit einem eingegipsten

Arm würde sie wochenlang nicht reiten können. Vier, vielleicht sogar sechs Wochen ohne Spikey – es war zum Verzweifeln.
Julia spürte ein verdächtiges Kribbeln in der Nase und schniefte. Bloß nicht heulen. Vom Weinen wurde ihr Arm auch nicht wieder gesund.
Obwohl sie wusste, dass ihr letztendlich gar nichts anderes übrig bleiben würde als zu telefonieren, zögerte sie den Anruf weiter hinaus. Noch immer starrte sie auf den Bildschirm und beobachtete das Geschehen auf dem Fußballplatz, als gäbe es nichts Wichtigeres.
»Julia?«
Julia zuckte zusammen. Da hatte doch jemand nach ihr gerufen. Im ersten Moment glaubte sie, Moni sei zurückgekommen. Doch als sie aufstand und aus dem Fenster sah, war niemand zu sehen.
»Julia?«
Die Mädchenstimme klang ganz nah. Julia stockte der Atem. Wer immer sie rief, befand sich bereits im Haus. Langsam ging sie zur Tür und spähte hinaus auf den Flur – nichts!
»Julia, bist du noch da?«
Das kam eindeutig aus der Küche. Julias Herz begann wild zu schlagen, doch diesmal aus Freude und nicht aus Furcht. Sie kannte die Stimme. Zwei Stunden hatte sie auf eine Antwort von Mailin gewartet und nicht mehr daran geglaubt, dass sie noch kommen würde. Mit großen Schritten stürmte sie in die

Küche und beugte sich über die Wasserschale mit dem Ring, die noch immer auf der Spüle stand.

»Ich bin hier«, sagte sie so zaghaft, als könnten die Worte das Gesicht des blassen, hellblonden Mädchens mit den dunklen, geschlitzten Augen und den spitz zulaufenden Ohren zerstören, das sich ihr auf der Wasseroberfläche zeigte. »Oh Mailin, ich bin so froh, dass du meinen Ruf gehört hast«, sagte sie erleichtert. »Ich hatte solche Angst, dass der Ring nicht funktioniert.«

»Elfenmagie vermag manches zu vollbringen, dass euch Menschen unmöglich erscheint«, erwiderte Mailin lächelnd. Doch dann wurde sie gleich wieder ernst und fragte besorgt: »Was ist los, Julia? Warum hast du mich gerufen?«

Auf Gohin durch die Nacht

Eine Viertelstunde, nachdem sie den Brunnen verlassen hatte, öffnete Mailin leise Gohins Box, zäumte ihn auf und führte den weißen Hengst am Zügel aus dem Stall. Niemand hatte sie beim Überqueren des Hofs beobachtet, und die anderen Pferde in den Boxen schnaubten nur verschlafen, als sie mit Gohin durch die Stallgasse ging.

Das lange Seil hatte sie wieder sorgfältig aufgewickelt und an seinen Platz gehängt, damit niemand bemerkte, dass es benutzt worden war.

Als sie auf den gepflasterten Hofplatz hinaustraten, hallte das klackende Geräusch von Gohins Hufen verräterisch laut durch die Nacht und Mailin blieb erschrocken stehen. Gespannt hielt sie den Atem an und lauschte, bis sie glaubte ersticken zu müssen.

Sie hatte Glück. Alles war ruhig. Doch der Weg zum großen Tor war weit. Um nicht noch mehr Lärm zu machen, schwang sie sich auf Gohins Rücken und lenkte den Schimmel auf den schmalen grasbewachsenen Streifen, der am Rande des Hofplatzes entlanglief. Hier war der Boden weich und federnd und die Schritte des Pferdes waren kaum zu hören.

»Halt! Wer da?«, rief der wachhabende Elf, als Mailin die hölzernen Palisaden erreichte, die vor vielen

hundert Jahren rund um den Hof des Elfenkönigs errichtet worden waren, um ihn vor Angriffen zu schützen. Selbst jetzt, wo es längst keine Feinde mehr gab, vor denen sich die Elfen in Acht nehmen mussten, wurde es über Nacht noch immer geschlossen und die Wachen waren dazu angehalten, jeden, der es passieren wollte, nach seinen Gründen zu fragen, bevor sie ihm Durchlass gewährten.
Mailin holte tief Luft und ging in Gedanken schnell noch einmal die Worte durch, die sie sich als Begründung zurechtgelegt hatte.
»Mailin, Pferdehüterin des Königs, bittet Euch, das Tor zu öffnen. Ich bin auf dem Weg, um den Pferdehüter Fion, der zu dieser Stunde im Auetal über die königliche Herde wacht, zu unterstützen. Er fühlte sich am Abend nicht wohl und bat mich, ihn zur Hälfte der Nacht abzulösen.«
»Seltsam«, meinte der Elf und trat näher. »Davon weiß ich gar nichts. Zumindest hat Fion nichts dergleichen gesagt, als er am Abend zu den Weiden ritt.« Offensichtlich kannte er Fion gut und hatte mit ihm geplaudert, bevor Fion ins Auetal aufbrach.
»Er war sehr spät dran«, antwortete Mailin eine Spur schneller, als es nötig war. Ihre Stimme bebte, weil die Lüge bei ihr heftiges Herzklopfen verursachte, und sie hoffte inständig, dass der Elf es nicht bemerkte. »Vermutlich hat er es in der Eile vergessen.«
»Nun, auf mich machte er weder einen kränklichen noch einen gehetzten Eindruck. Sonst wäre er sicher

nicht abgesessen, um mich in der Wachstube zu besuchen.« Der Elf schwieg und schien zu überlegen. Wie ärgerlich. Warum hatte sich Fion ausgerechnet heute mit dem Posten am Tor unterhalten! Das tat er sonst nie. Mailin zwang sich zur Ruhe und versuchte gelassen zu wirken, während sie ungeduldig darauf wartete, dass der Elf ihr Glauben schenkte.

»Nun gut«, sagte er schließlich, wandte sich um und ging zum Tor. »Ihr beide seid ja gut befreundet. Ich sehe keinen Grund, warum du nicht zu ihm reiten solltest.« Er griff nach dem hölzernen Riegel, der die beiden Torflügel von innen verschloss, und zog ihn zurück. Indem er sich gegen das dunkle Holz lehnte, ließ er die rechte Seite aufschwingen und trat beiseite, damit Mailin hindurchreiten konnte.

»Danke«, sagte Mailin erleichtert. Am liebsten hätte sie Gohin auf der Stelle antraben lassen, doch sie wollte verhindern, dass der Elf bemerkte, wie eilig sie es hatte. Deshalb ließ sie das Elfenpferd zunächst im Schritt durch das Tor gehen und wählte erst dann eine schnellere Gangart, als der Wachposten sie nicht mehr sehen konnte.

Dann gab es kein Halten mehr. Julia war verletzt und brauchte Hilfe, so viel wusste sie jetzt. Mailin hatte Julia fest versprochen, alles in ihrer Macht Stehende zu tun, um ihr zu helfen. Alles. Das klang, als gäbe es dafür unendlich viele Möglichkeiten, doch in Wirklichkeit gab es nur eine einzige.

Um Julia zu helfen, musste das Tor zur Menschen-

welt erneut geöffnet werden. Doch das allein würde diesmal nicht ausreichen, denn Verletzungen zu heilen überschritt Mailins Fähigkeiten bei weitem. In dieser Nacht war sie deshalb doppelt auf die Hilfe von Enid, der verbannten Elfenpriesterin, angewiesen, auch wenn sie große Zweifel daran hatte, dass Enid sie in die Welt der Menschen begleiten würde.
»Zum Schweigewald!«, rief sie Gohin zu, verkürzte die Zügel und legte die Hände seitlich neben den Widerrist, damit er angaloppierte. »Schnell!«
Der weiße Hengst hob den Kopf und schnaubte, als hätte er verstanden. Mit weit ausgreifenden Schritten ging er vom Trab in den Galopp über und preschte wie der Wind durch die stillen, mondbeschienenen Wälder des Elfenreichs.
Um Zeit zu sparen hatte Mailin auf die sattelähnliche Decke verzichtet, mit der sie sonst ritt, und Gohin nur das Zaumzeug angelegt. Ohne Steigbügel war sie gezwungen, den Galopp auszusitzen, und spürte jeden Hufschlag des Elfenpferdes. So zu reiten war anstrengend, doch Mailin machte das nichts aus. Ihre Bewegungen passten sich denen des Pferdes perfekt an, als wäre sie ein Teil von ihm, und Gohin galoppierte unermüdlich durch die Dunkelheit.
Ungehindert erreichten sie die große Wiese, die die Grenze zum Schweigewald bildete, und Gohin jagte ohne anzuhalten über die weite, grasbewachsene Ebene. Auf dem weichen Untergrund war der Hufschlag des kräftigen Pferdes kaum zu spüren und

Mailin hatte fast das Gefühl zu fliegen. Sie lenkte Gohin ein wenig nach rechts und hielt auf eine Gruppe von Bäumen zu, die sich unmittelbar vor dem Schweigewald aus den taufeuchten Gräsern der Wiese erhob, in der Hoffnung, dass diese sie vor den Blicken der Wachtposten schützten, die am Waldrand patrouillierten.
So oft wie ich schon unbemerkt zu Enid geritten bin, dachte sie grinsend, sind die Wachen eigentlich überflüssig.
Enid selbst könnte den Schweigewald auch dann nicht verlassen, wenn es keine Wachen gäbe, da sie durch einen Bann dort festgehalten wurde, den nur der Elfenkönig aufheben konnte. Mailin vermutete, dass die Wachen nichts weiter als ein Symbol dafür waren, dass der Wald nicht betreten werden durfte, einen wirklichen Schutz gegen Eindringlinge stellten sie nicht dar.
Jemand nieste. Mailin rutschte geschwind von Gohins Rücken und legte ihm die Hand auf die Nüstern, damit er ruhig blieb. Dann führte sie ihn in den Schutz der Bäume und flüsterte ihm zu, dass er dort auf sie warten solle.
Das Niesen kam eindeutig vom Waldrand. Lautlos wie eine Katze pirschte Mailin um das Gehölz herum und spähte in Richtung des Schweigewaldes. Sie hatte sich nicht getäuscht. Vor dem düsteren Hintergrund der Bäume konnte sie das flackernde Licht einer Laterne erkennen. Zwei Gestalten saßen in

ihrem Schein am Boden und nahmen allem Anschein nach eine Mahlzeit ein.
»Barad!«, schimpfte Mailin leise in der alten Sprache der Elfen und schlug mit der Faust auf den Boden. Irgendwie lief in dieser Nacht alles schief. Sie hatte so wenig Zeit und wurde ständig aufgehalten. Der Wachposten am Tor hatte sie zwar nicht übermäßig behindert, doch wenn man bedachte, dass jede Stunde, die in der Elfenwelt verging, ungefähr einem Tag in der Menschenwelt entsprach, war jede Minute, die sie verlor, zu viel.
Wie lange mochte Julia schon auf sie warten? Vielleicht benötigte sie gar keine Hilfe mehr, wenn Mailin endlich bei ihr ankam.
»Das heißt, wenn ich überhaupt ankomme«, murmelte Mailin und ließ die Wachposten dabei nicht aus den Augen. Die beiden Elfen hatte es sich auf dem Boden bequem gemacht und unterhielten sich leise. Offensichtlich hatten sie vor, ausgerechnet hier eine längere Rast einzulegen. Mailin seufzte und ließ sich bekümmert ins Gras sinken. Nie im Leben hätte sie damit gerechnet, dass es so schwierig sein würde, Julia zu helfen.
Niedergeschlagen hob sie die rechte Hand und betrachtete den silbernen, mit winzigen Runen verzierten Ring an ihrem Finger. Er leuchtete schwach, ein Zeichen dafür, dass noch immer eine Verbindung zu seinem Bruder in der Menschenwelt bestand. Der Anblick erinnerte sie an den Moment, als sie die ma-

gischen Ringe zum ersten Mal gesehen hatte. Paarweise lagen sie in einem hölzernen Kästchen, das Enid aus den Tiefen einer geflochtenen Truhe hervorgeholt hatte. Mailin hatte die Schmuckstücke nicht gezählt, war aber sicher, dass sich mindestens dreißig Paare in dem Kästchen befunden hatten.

»Diese Ringe«, hatte die Elfenpriesterin ihr erläutert, »sind sehr alt. Sie stammen aus der Zeit, als die Tore zwischen unserer Welt und der der Menschen noch offen waren. Alle Elfen, die in die Menschenwelt gingen, trugen solche Ringe, um im Notfall Hilfe herbeirufen zu können.«

»Und wie geht das?«, hatte Mailin gefragt. Sie konnte zunächst nicht glauben, dass ausgerechnet Enid, die den Menschen misstrauisch gegenüberstand, ihr ein so wertvolles Geschenk für Julia geben wollte.

»Die Ringe wurden immer paarweise gefertigt. Sie sind aus demselben Silberklumpen entstanden und wurden nach dem Einschmelzen und Gießen magisch miteinander verbunden«, hatte Enid erklärt. »Den einen Ring trägst du, den anderen bekommt Julia. Dieser hier«, sie hatte einen der Ringe in die Höhe gehalten, »heißt in unserer Sprache Thalion – der Standhafte. Das ist der Ring, den du behältst. Der andere trägt den Namen Gil-Estel – Stern der Hoffnung. Er wurde für jene geschaffen, die in die Welt der Menschen gingen. Den Ruf, den Gil-Estel aussendet, kann nur sein Bruder empfangen.«

»Wo habt Ihr die Ringe her?« Mailin staunte.

Statt ihr eine Antwort zu geben, hatte Enid nur gelächelt und gesagt: »Die Ringe werden schon seit vielen hundert Jahren nicht mehr gebraucht. Manch einer hält sie für nutzlos, doch ich wollte verhindern, dass sie Lavendra in die Hände fallen.« Dann hatte sie den Thalion auf Mailins Finger gesteckt und den anderen Ring in ihre Handfläche gelegt. »Gil-Estel«, hatte sie fast ehrfürchtig gesagt und Mailins Finger sanft um das Schmuckstück geschlossen, bevor sie hinzufügte: »Dieser Ring ist ein sehr wertvolles Geschenk. Er wurde zwar nicht für Menschen geschaffen, doch Julia hat bewiesen, dass sie seiner würdig ist.« Danach hatte sie Mailin erläutert, was Julia tun musste, wenn sie einen Ruf in die Elfenwelt senden wollte, und sie eindringlich ermahnt, ihrer Freundin zu sagen, dass sie ihn nur im äußersten Notfall verwenden dürfe.

Und jetzt ist so ein Notfall eingetreten und ich schlage hier Wurzeln, ging es Mailin durch den Kopf. Sie setzte sich auf, um noch einmal zu den Wachen hinüberzublicken, doch die hatten sich nicht vom Fleck gerührt. Mailin beschloss, zu Gohin zurückzukehren, damit er nicht ungeduldig wurde. »Ach Gohin«, flüsterte sie, als sie neben ihr Pferd trat und ihm den Hals klopfte. »Was haben wir heute bloß für ein Pech!«

Gohin schnaubte leise, als stimme er zu, ließ sich aber nicht vom Grasen abhalten. Plötzlich flatterte ein winziger grauer Schatten über ihn hinweg und

verschwand im Schutz der dicht belaubten Äste. Der Kopf des Elfenpferdes schnellte so rasch in die Höhe, dass die Trensenringe klirrten, und ein ungehaltenes Schnauben drang aus seinen Nüstern.
»Was ist los, Gohin?«, fragte Mailin. »Seit wann fürchtest du dich vor einer Fledermaus?« Verwundert folgte sie dem Blick des Hengstes, der einen Punkt irgendwo im Geäst fixierte. Beide Ohren waren achtsam nach vorn gerichtet und die schnellen Atemzüge machten deutlich, wie nervös er war.
Mailin blinzelte und trat näher an die Bäume heran. Aber sosehr sie sich auch bemühte, sie konnte nicht erkennen, was Gohin so beunruhigte.
»Da ist nichts«, erklärte sie schließlich und wandte ihre Aufmerksamkeit wieder den Wachen am Waldrand zu. Diese hatten sich soeben erhoben und machten sich bereit, ihre Runde fortzusetzen.
»Na endlich«, murmelte Mailin erleichtert. Ungeduldig verfolgte sie jede Bewegung der beiden, in der Hoffnung, dass sie bald verschwinden würden, doch die Wachposten ließen sich Zeit. Eine endlose Viertelstunde verstrich, bevor einer von ihnen nach der Laterne griff und beide sich in gemächlichem Tempo auf den Weg machten.
Mailin starrte ihnen so lange hinterher, bis das schwankende Licht der Laterne nicht mehr zu sehen war. Dann ergriff sie Gohins Zügel. »Komm«, sagte sie leise und führte ihn auf den Schweigewald zu.

Ein Verdacht bestätigt sich

Ein lang anhaltender, trillernder Laut riss Lavendra aus einem traumlosen Schlaf. Es dauerte eine Weile, bis sich die Mondpriesterin über den Ursprung des Geräuschs im Klaren war. Dann war sie augenblicklich hellwach.

Eine knappe Handbewegung genügte und die erloschenen Flammen der beiden Öllampen, die von der Decke ihres Schlafgemachs herabhingen, erwachten zu neuem Leben. Kurz darauf verließ Lavendra fertig angekleidet den Raum und eilte mit großen Schritten auf die kleine unscheinbare Tür zu, die von ihrem Arbeitszimmer in die geheimen Kellergewölbe hinabführte, in denen sie jene verbotene Magie wob, die nur ihren eigenen Plänen diente.

Auf einen Fingerzeig von ihr öffnete sich die Tür. Ein kühler Luftzug zog herauf und brachte neben dem durchdringenden Geruch feuchter Wände und modrigen Holzes auch den würzigen Duft von Kräutern in das warme Arbeitszimmer. Lavendra nahm eine kleine Öllampe aus der Halterung neben der Tür, bückte sich und betrat die gewundene, hölzerne Treppe, die in den Keller hinabführte. Geschmeidig huschte sie die Stufen hinunter, während sich die Tür wie von Geisterhand hinter ihr schloss.

Unten angekommen steckte sie die Öllampe in eine Wandhalterung und trat vor die flache silberne Schale, die sie vorsorglich auf dem Tisch in der Mitte des Raums bereitgestellt hatte. Aus einem tönernen Krug mit geweihtem Wasser goss sie vorsichtig die Schale bis zur Hälfte voll. Obwohl Lavendra sehr nervös war, zitterten ihre Hände nicht, als sie die Magie des Wassers anrief.

»Nen tirim, lathram a osradam had vîn«, murmelte sie beschwörend, während sie die Finger in kreisenden Bewegungen über die spiegelnde Oberfläche führte. »Nen tirim, lathram a osradam had vîn.«

Nichts geschah, doch dann wurde die Stimme der Mondpriesterin befehlend. »Lava hene elleth! – Zeig mir das Elfenmädchen!«, zischte sie und das Spiegelbild in der Wasserschale begann sich zu verändern. Es kräuselte sich, als ob Tausende winziger Wellen die Oberfläche bewegten, und wurde dunkel. Dann glätteten sich die Wellen. Als das Wasser wieder still und klar war, konnte man in der Schale ein Mädchen auf einem weißen Pferd erkennen, das im Mondlicht vor der dunklen Silhouette hoher Tannen dahinritt.

»Sie hat es tatsächlich gewagt.« Lavendra stützte die Hände auf den Tisch und beugte sich über die Schale, um das Gesicht der jungen Elfe besser sehen zu können. »Ich wusste es! Diese Pferdehüterin ist nicht nur verlogen, sie ist auch eine Verräterin.«

Ein zufriedenes Lächeln huschte über Lavendras Gesicht. Die lästige Pferdehüterin so schnell eines schweren Vergehens zu überführen, übertraf selbst ihre kühnsten Erwartungen. Jetzt musste sie das Mädchen nur noch auf frischer Tat ertappen und dem König das wahre Gesicht seiner geschätzten Beria s'roch zeigen. Dann, dessen war sich Lavendra sicher, würde das Mädchen endlich für immer aus den königlichen Stallungen und von Shadows Seite verschwinden.

Plötzlich hatte es die Mondpriesterin sehr eilig. Sie würde Mailin noch in dieser Nacht überführen.

Ein kurzer Wink von ihr ließ das Bild in der Wasserschale verschwinden. Ihr langer, mitternachtsblauer Umhang bauschte sich, als sie sich umdrehte und die Stufen zum Arbeitszimmer hinaufstürmte. Sie musste unverzüglich eines der Stallmädchen wecken, damit es ihr ein schnelles Pferd aufzäumte.

Wie ein Geisterpferd schritt Gohin durch den dunklen Schweigewald. Der Hufschlag des Hengstes war auf dem weichen, nadelbedeckten Boden kaum zu hören und sein Atem ging so leise, als fürchte er, die ehrwürdige Stille zu entweihen.

Obwohl der Mond sein Licht hier und da in silbernen Strahlen bis zum Waldboden schickte, war der Schweigewald kein angenehmer Ort. Ohne die unzähligen Geschöpfe der Nacht, die die Wälder des Elfenreichs bevölkerten, wirkte er noch einsamer und verlassener als bei Tageslicht.

Die Stille war unheimlich, aber Mailin hatte keine

Angst. Sie war oft hier geritten und wusste, dass es in den Schatten nichts gab, wovor sie sich fürchten musste. Außerdem lebte Enid schon sehr lange hier und Mailin war überzeugt, dass die Elfenpriesterin sie gewarnt hätte, würde es im Schweigewald Gefahren geben.

Wie immer, wenn sie sich Enids einfacher, moosbewachsener Hütte näherte, in deren Nachbarschaft ein kleiner Bach floss, flackerte hinter dem einzigen Fenster des windschiefen Gebäudes ein unstetes Licht. In der kühlen Stille des Waldes wirkte es freundlich und einladend und trotzte mit seinen warmen, leuchtenden Farben den Schatten zwischen den Bäumen. Das Licht stammte vom Herdfeuer der Elfenpriesterin, das in einer offenen Feuerstelle in der Mitte der Hütte brannte. Enid ließ es niemals ausgehen, denn die Tannen hielten die wärmenden Sonnenstrahlen auch im Hochsommer fern, sodass es im Wald zu jeder Jahreszeit empfindlich kühl war. Als Mailin das Licht zwischen den Bäumen erblickte, zügelte sie Gohin. In Gedanken ging sie noch einmal durch, worum sie Enid bitten wollte und wie sie das Gespräch am besten begann. Doch je länger sie darüber nachdachte, desto mehr Zweifel nagten plötzlich an ihr. Was, wenn Enid ärgerlich wurde, weil Mailin sie aus dem Schlaf riss? Auf einmal erschien ihr der Anlass, aus dem sie Enid aufsuchte, nicht mehr wichtig genug, um eine so ungeheure und gefährliche Bitte an die verstoßene Priesterin zu rich-

ten. Julia war verletzt und hatte sie um Hilfe gebeten, aber war das wirklich Grund genug, um ein Tor in die Menschenwelt zu öffnen? Sicher gab es auch dort gute Heiler, die Julia helfen konnten.
»Julia braucht mich, sonst hätte sie mich nicht gerufen«, bekräftigte Mailin noch einmal so laut, als könnten die Worte alle Bedenken vertreiben. Energisch lenkte sie Gohin auf Enids Hütte zu. Die alte Priesterin war weise und erfahren. Sie würde wissen, was zu tun war.
Durch einen sanften Schenkeldruck bedeutete Mailin Gohin, zu dem kleinen Bach neben der Hütte zu gehen, und rutschte von seinem Rücken. »Warte hier auf mich«, flüsterte sie ihm zu und lief zum Eingang der Hütte, während Gohin zu grasen begann.
Wie gewohnt schwang die Tür geräuschlos auf, als Mailin die Hand nach der Klinke ausstreckte, und sie ging hinein.
Eine angenehme Wärme und vertraute Gerüche empfingen sie, als sie den einzigen Raum der Hütte betrat. Der Duft stammte von den Beuteln mit getrockneten Pilzen und Beeren und den unzähligen Kräuterbündeln, die von der niedrigen Decke herabhingen. Auch die kleinen Körbe und tönernen Schalen in dem breiten Regal neben der Tür verströmten einen würzigen Duft, der sich mit dem Geruch des offenen Herdfeuers mischte.
»Mailin!« Enid saß an dem kleinen Tisch vor dem Fenster und blätterte in einem dicken, ledergebun-

denen Buch. Auch diesmal trug sie ein schlichtes graues Gewand, doch das lange blaugraue Haar fiel ihr offen über den Rücken und war nicht wie sonst im Nacken zu einem dicken Zopf gebunden. Es wirkte zerzaust, als sei die Elfenpriesterin aus dem Schlaf gerissen worden und hätte keine Zeit gefunden, ihre Haare zu richten. »Schön, dich zu sehen. Komm näher und setz dich zu mir«, sagte sie, ohne den Blick von den vergilbten Seiten zu nehmen.

Mailin durchquerte den Raum, zog einen wackeligen, dreibeinigen Schemel unter dem Tisch hervor und setzte sich. Sie hatte fest damit gerechnet, die Elfenpriesterin schlafend vorzufinden, und war sehr überrascht, dass Enid wach war.

»Ehrwürdige Enid«, sagte sie zaghaft. »Es tut mir Leid, Euch so spät in der Nacht zu stören, aber ... ich bin ... Also, Julia hat ...«

Plötzlich wusste sie nicht mehr, was sie sagen sollte. Sie hatte schon so viel wertvolle Zeit verloren, und die Zweifel, ob ihr Handeln richtig war, erschwerten es ihr, die passenden Worte zu finden. Ach Julia, was bin ich nur für eine unzuverlässige Freundin, dachte sie traurig.

»Du bist gekommen, weil Julia Hilfe braucht.« Das war keine Frage, sondern eine Feststellung.

Mailin schluckte. »Wie könnt Ihr ..., warum ..., wieso wisst Ihr davon?«

»Ich habe es gespürt.« Enid legte die Hände auf das Buch, blickte auf und lächelte Mailin an. »Oder sollte ich vielleicht besser sagen, die Ringe haben es mir zugeflüstert?«

»Dann wisst Ihr schon alles?«, fragte Mailin.

»Nein.« Enid schüttelte den Kopf. »Alles, was ich weiß ist, dass eines der Ringpaare benutzt worden ist. Und da es nur ein einziges Ringpaar gibt, das sich nicht in meiner Obhut befindet, war es nicht schwer zu erraten, wem es gehört.« Sie maß Mailin mit einem schwer zu deutenden Blick. »Um ehrlich zu sein hatte ich dich schon viel früher erwartet.«

»Nun, es war nicht leicht, an den Stillen Brunnen und hierher zu kommen«, gestand Mailin. »Irgendwie läuft heute Nacht alles schief.« Sie hob den Kopf und sah der Elfenpriesterin in die Augen. »Inzwischen bin ich mir nicht einmal mehr sicher, ob es wirklich schwerwiegende Gründe dafür gibt, Julia aufzusuchen. Gut, sie ist verletzt und hat Schmerzen, aber bei den Menschen gibt es doch auch Heiler, die ihr helfen können. Vorhin habe ich ihr versprochen, zu ihr zu kommen, aber jetzt denke ich, hätte ich mich erst mit Euch besprechen müssen. Ein Tor in die Menschenwelt zu öffnen ist schwierig, wie ich inzwischen weiß. Es kostet Euch enorm viel Kraft, obwohl heute Vollmond ist. Es wäre also eine gute Nacht dafür, auch wenn ich nicht weiß, ob Ihr mir helfen werdet. Aber ich habe es Julia nun mal versprochen und jetzt muss ich …« Die Worte sprudelten nur so aus Mailin heraus. Entgegen allem, was sie sich auf dem Weg hierher zurechtgelegt hatte, schilderte sie die Ereignisse der vergangenen Stunden so wirr, dass sie am Ende selbst nicht mehr wusste, was sie eigentlich redete. »Jedenfalls ist sowieso schon viel zu viel Zeit vergangen«, beendete sie schließlich ihren Bericht. »Selbst wenn Ihr mir helft und ein Tor in die Menschenwelt öffnet, komme ich bestimmt zu spät, um Julia zu helfen.«

»Aber, aber.« Die Elfenpriesterin schmunzelte. »Das kannst du doch gar nicht wissen.«

»Doch!« Es ärgerte Mailin, dass gerade Enid, die ihr den unterschiedlichen Zeitverlauf erst vor ein paar Wochen erläutert hatte, sie offensichtlich nicht ganz ernst nahm. »Seit ich Julias Ruf gehört habe, sind mindestens zwei Stunden vergangen«, erklärte sie niedergeschlagen. »Das sind in ihrer Welt fast zwei Tage. Wie kann ich ihr da noch helfen?«

»Nun, wie du siehst, habe ich mich auf deinen Besuch schon ein wenig vorbereitet«, meinte die Elfenpriesterin und deutete auf das Buch vor ihr. »Dass die Zeit in der Menschenwelt so schnell vergeht, war früher auch ein großes Problem. Stell dir nur einmal vor, ein Angehöriger unseres Volkes gerät in der Menschenwelt in eine lebensgefährliche Situation. Da kann man nicht warten. Die Hilfe muss umgehend erfolgen.«

»Aber das ist völlig unmöglich!«, rief Mailin aus. »Wie soll das gehen?«

»Ein Unmöglich gibt es nicht, Mailin«, erklärte Enid bestimmt. »Jedenfalls nicht für jene, die die Kraft der

Magie kennen. Für Menschen mag vieles unmöglich sein, weil sie die Mächte der Natur nicht für sich zu nutzen wissen. Doch wir Elfen vermögen durchaus Dinge zu bewirken, die Unkundigen unmöglich erscheinen. Es braucht viele Jahre, all dies zu erlernen, doch am Ende stellt nicht einmal die Zeit ein unüberwindliches Hindernis dar.«

»Aber ich bin keine Heilerin. Wenn sich Julia bei dem Sturz etwas gebrochen hat, seid Ihr die Einzige, die ihr helfen kann.«

»Ich weiß.« Die Elfenpriesterin nickte bedächtig. »Allerdings kann ich den Schweigewald nicht verlassen. Wenn Julia meine Hilfe braucht, musst du sie hierher bringen.«

»Heißt das, Ihr könntet ..., Ihr würdet mir helfen?« Mailins Augen funkelten hoffnungsvoll. »Selbst wenn ich Julia dafür in unsere Welt holen müsste?«

»Ja, das werde ich. Auch ich weiß die Hilfe zu schätzen, die das Menschenmädchen dir erwiesen hat. Deshalb werde ich ihr die Hilfe nicht verwehren.«

»Oh, das ..., das ist ...« Mailin strahlte übers ganze Gesicht. Sie war so glücklich, dass ihr die Worte fehlten. Am liebsten wäre sie der Elfenpriesterin um den Hals gefallen, unterdrückte aber diesen Impuls, da es ihr unschicklich erschien. »Danke. Vielen Dank«, sagte sie deshalb nur und fügte hinzu: »Ich fürchtete, der Grund, weswegen Julia mich gerufen hat, wäre Euch nicht bedeutend genug, um das Tor noch einmal zu öffnen.«

»Hat sich Julia jemals Gedanken darüber gemacht, ob unsere Probleme wichtig oder unwichtig für sie waren, als sie dir half?«, fragte Enid und fuhr fort, bevor Mailin etwas erwidern konnte. »Nein, das hat sie nicht. Ohne Rücksicht auf alle Schwierigkeiten, die ihr daraus entstehen könnten, hat sie dir zweimal ohne zu zögern und völlig uneigennützig geholfen und damit Shadows Leben gerettet. Es steht uns daher nicht zu, den Wert ihres Hilferufs zu bezweifeln. Wir haben versprochen zu helfen, wenn sie uns braucht. Und genau das werden wir jetzt tun. So schnell und selbstlos, wie Julia es für dich getan hat.« Enid erhob sich, schlug das Buch zu und stellte es ins Regal zurück. »Das Glück ist mal wieder auf deiner Seite, Mailin«, sagte sie und deutete lächelnd nach draußen. »In Vollmondnächten wie dieser sind die Mächte der Natur besonders wirksam und kraftvoll.« Sie nahm einen kleinen Weidenkorb zur Hand, der vor ihr auf dem Boden stand. »Du weißt, ein Tor zur Menschenwelt zu öffnen erfordert sehr viel Kraft, denn die Grenzen der Welten zu überwinden ist nicht einfach. Doch um ein Tor zu öffnen, das nicht nur die Grenzen der Welten, sondern auch die Zeit bezwingt, brauche ich noch weit mehr Kraft. In diesem Korb habe ich zusammengestellt, was ich benötige, denn ohne Hilfsmittel werde ich es diesmal nicht schaffen.«

Überraschender Besuch

Der Hufschlag des Elfenpferdes, auf dessen Rücken Lavendra saß, hallte weithin hörbar durch den Wald, während es mit weit ausgreifenden Schritten durch die Nacht preschte. Durch Schläge mit den Zügelenden und heftigen Tritten trieb die Mondpriesterin ihr Pferd rücksichtslos an. Selbst als das gehorsame Tier schon deutliche Zeichen von Erschöpfung zeigte, gönnte sie ihm keine Rast. Weder achtete sie auf den weißen Schaum, der vom Maul der Stute tropfte, noch scherte sie sich um die hellen Schweißflocken auf dem Körper des Pferdes. Ihr Blick galt der mondbeschienenen Ebene, die vor ihr zwischen den Bäumen auftauchte.
Ein Lächeln huschte über Lavendras Gesicht. Mailin hatte zwar einen großen Vorsprung, doch Lavendra hatte sich das schnellste Pferd aus dem Stall geholt und hoffte, das Elfenmädchen bald einzuholen. Wenn Mailin schon bei Enid angekommen war, umso besser, schließlich wollte Lavendra die Pferdehüterin auf frischer Tat bei einem der schlimmsten Vergehen erwischen, die es im Elfenreich gab. Aber die Mondpriesterin wusste nicht, wie lange Mailin bei der verbannten Priesterin bleiben würde.
Mit einem weiten Satz ließ die Stute den Wald hinter

sich, strauchelte und galoppierte unbeholfen auf die grasbewachsene Ebene hinaus, an deren anderem Ende sich die Silhouette des Schweigewaldes wie ein schwarzer Strich über den Horizont erstreckte.
»Schneller!«, befahl Lavendra, doch das erschöpfte Tier hielt den gestreckten Galopp nicht länger durch. Trotz der heftigen Schläge und ärgerlichen Tritte seiner Reiterin fiel es in einen leichten, kräftesparenden Trab zurück.
»Barad! Ne etu barad!«, fluchte Lavendra ungehalten und gab es auf, das Pferd weiter zu traktieren. Verärgert musste sie einsehen, dass es ihr nicht weiterhalf, wenn die entkräftete Stute unter ihr zusammenbrach. Das verminderte Tempo würde sie wertvolle Zeit kosten, doch solange Mailin nicht wieder aus dem Wald herauskam, war nichts verloren.

Obwohl Mailin und Enid nur noch wenige Meter von dem Weiher entfernt waren, über dessen stillen, dunklen Wassern sich das Tor zur Menschenwelt befand, war das Plätschern der kleinen Quelle, die den Teich speiste, noch nicht zu hören. Erst als sie sich der spiegelglatten Wasseroberfläche bis auf wenige Schritte näherten, drangen die Geräusche des munter dahinfließenden Bächleins an ihre Ohren.
Als ob der Wald alle Geräusche verschluckt, dachte Mailin und blickte gebannt auf das silberne Antlitz des Mondes, das sich diesmal genau über der Mitte des ebenholzfarbenen Weihers befand, auf dessen

Oberfläche nicht die kleinste Bewegung zu sehen war. Kein Lufthauch kräuselte das stille Wasser und die Pflanzen am Ufer standen reglos im Mondschein. Wie immer, wenn Mailin an diesen geheimnisvollen Ort kam, glaubte sie den uralten Zauber zu spüren, der den Weiher wie ein unsichtbares Gespinst zu umgeben schien. Die Luft war hier viel dichter als gewöhnlich und trug eine Feuchtigkeit in sich, die ihr das Atmen schwer machte. Mailin konnte sich noch gut daran erinnern, wie unheimlich ihr der Ort erschienen war, als sie das erste Mal hierher kam. Inzwischen ängstigte sie sich nicht mehr, doch die Ehrfurcht vor diesem geweihten Ort ergriff aufs Neue von ihr Besitz. Sie wusste: Was sie spürte, war die Macht uralter Elfenmagie, die hier noch immer wirksam war – eine Magie aus jenen längst vergangenen Zeiten, als die Tore zwischen den Welten noch offen standen.

Eine Bewegung am Ufer riss Mailin aus ihren Gedanken. Enid war an den Rand des Wassers getreten, sah zu den Sternen empor und streckte die Arme in einer beschwörenden Geste dem vollen Mond entgegen. Ihre Lippen bewegten sich lautlos, während sie die Kräfte des Weihers in der alten Sprache der Elfen anrief.

Mailin wartete gespannt. Doch nichts geschah. Obwohl Enid auch diesmal eingehüllt in knisternde Magie am Ufer des Weihers stand und sich winzige funkensprühende Blitze auf der Wasseroberfläche entluden, veränderte sich der Weiher nicht. Keine Welle kräuselte das spiegelglatte Wasser, nicht das kleinste Nebelgespinst stieg von ihm auf. Schließlich ließ die Elfenpriesterin die Arme sinken, wandte sich um und kam auf Mailin zu.

»Ich ahnte es bereits«, meinte sie kopfschüttelnd und griff nach dem Weidenkorb, den sie neben Mailin auf den Boden gestellt hatte. »Diesmal bedarf es mehr als mächtiger Worte, um das Tor zu öffnen.« Sie griff in den Korb, nahm einen Lederbeutel heraus und reichte ihn Mailin. »Du wirst mir ein wenig zur Hand gehen müssen, damit sich das Tor öffnet«, erklärte sie. »Doch zuvor nimm diesen Beutel mit Amnesiapulver an dich. Die Wirkung des magischen Pulvers ist dir ja bekannt. Nach den Geschehnissen bei deinen letzten Ausritten in die Menschenwelt halte ich es für besser, wenn du etwas davon bei dir trägst – zu deiner eigenen Sicherheit.«

»Ich verstehe.« Mailin nickte, nahm den Beutel in Empfang und steckte ihn in ihre Hosentasche. Schon einmal hatte ihr das magische Pulver des Vergessens einen guten Dienst erwiesen, als sie bei dem Versuch, Shadow in der Menschenwelt zu befreien, selbst gefangen wurde.

»Warte hier, bis ich dich rufe«, sagte sie leise zu Gohin. Dann folgte sie Enid ans Ufer des Weihers.

Draußen war es dämmrig. Die Schale mit den Weintrauben war leer und über den Fernsehschirm flimmerte eine dieser dämlichen Soaps, die Julia nicht ausstehen konnte. Blinzelnd richtete sie sich ein wenig auf und versuchte die Zeitanzeige des Videorekorders zu entziffern. 21:00 Uhr! Julia erschrak. Hatte sie wirklich drei Stunden hier auf dem Sofa gelegen und geschlafen? Als sie mit Mailin gesprochen hatte, war es doch noch hell gewesen. Oder?

... mit Mailin gesprochen – die ganze Geschichte mit dem Bild des Elfenmädchens in der Wasserschale erschien ihr plötzlich absurd. Bestimmt hab ich das alles nur geträumt, dachte sie. Ja, genau. So musste es gewesen sein. Sie hatte sich auf das Sofa gelegt und war bei dem langweiligen Fußballspiel eingeschlafen. Und dann hatte sie diesen sehr realistischen Traum gehabt, in dem Mailin ihr versprochen hatte, ihr zu helfen. So etwas hatte sie schon einmal erlebt. Da war sie furchtbar durstig gewesen und hatte geträumt, sie wäre in die Küche gegangen und hätte etwas getrunken. Als sie dann aufwachte, war sie natürlich noch immer durstig.

»Es war nur ein Traum!«, sagte Julia. Die Sache mit dem Ring war Quatsch.

»Julia, du bist und bleibst eine Träumerin«, schalt sie sich selbst, indem sie den Spruch ihres Vaters gebrauchte, der nur begrenzt Verständnis für ihre blühende Fantasie aufbrachte.
Die Schmerzen in ihrem Arm hingegen waren nur zu real und gehörten zu einer bitteren Wirklichkeit, die sie schon viel zu lange verdrängt hatte. Sie brauchte einen Arzt, und zwar sofort.
Entschlossen stand sie auf und ging zum Telefon. Dort lag ein Zettel, auf dem die Handy-Nummer ihrer Mutter notiert war. Julia nahm den Zettel und das Telefon in die linke Hand, ging zurück ins Wohnzimmer und ließ sich vorsichtig auf dem Sessel nieder. Ein letztes kurzes Zögern, dann schaltete sie den Apparat ein und drückte auf die erste Zahl. Vermutlich würde sie Ärger bekommen, weil sie sich erst so spät meldete. Noch zwei Ziffern. Julia atmete tief durch, während sie sich die Worte, die sie sagen wollte, noch einmal sorgfältig zurechtlegte.
»Tock, tock!«
Julia zuckte zusammen. Was war das?
»Tock, tock, tock!« Das Klopfen kam eindeutig vom Terrassenfenster. Mailin? Sie schaltete das Telefon aus und stand auf, um die Laterne anzuknipsen, die Garten und Terrasse teilweise erleuchtete. Das plötzliche Licht scheuchte die Katze der Nachbarn auf, die sich mal wieder im Garten auf der Pirsch befand. Mit einem weiten Satz sprang das rot-weiß getigerte Tier in die Büsche und war nicht mehr zu sehen.

Ansonsten war der Garten leer. Nichts regte sich im Umkreis des weißen Lichtkegels, den die Lampe auf den Rasen und die geflieste Terrasse warf.
Wirklich nichts? Angestrengt spähte Julia zum überdachten Teil der Terrasse hinüber. Das Licht der Laterne reichte nicht ganz bis dorthin, sodass die Gartenmöbel im Schatten nur schemenhaft zu erkennen waren. Hinter dem Kaminholzstapel glaubte Julia einen hellen Fleck zu sehen. Mit klopfendem Herzen machte sie die Terrassentür einen Spalt auf.
»Mailin?« Ihre Stimme war kaum mehr als ein Flüstern. Zu rufen traute sie sich nicht. Die Hoffnung, dass es Mailin war, die sich dort hinter dem Holz versteckte, erschien ihr einfach zu kindisch.
»Ich bin hier.«
Mailin! Es war Mailins Stimme! Julias Herz machte vor Freude einen Sprung. Ihre Freundin war wirklich gekommen! Das war fantastisch, unglaublich ...
Dann hatte sie also doch nicht geträumt. Schnell öffnete sie die Terrassentür ganz und winkte das Elfenmädchen herein.
»Du brauchst dich nicht zu verstecken«, sagte sie. »Es ist niemand hier. Ich bin allein.«
Hinter dem Kaminholzstapel raschelte es. Der helle Fleck wurde größer und bewegte sich langsam zwischen den Gartenmöbeln hindurch.
Schließlich trat ein gertenschlankes Mädchen mit weißblonden Haaren und heller Lederkleidung ins Licht der Gartenlaterne – Mailin!

»Hallo, Julia«, sagte sie in ihrem seltsamen Akzent und lächelte ihre Freundin an. »Wartest du schon lange auf mich?«
»Fast drei Stunden«, erwiderte Julia. »Und zwei Stunden hat es gedauert, bis du mir geantwortet hast. Aber das besprechen wir besser drinnen. Hier draußen könnte jemand zuhören. Außerdem kommen so viele Mücken ins Wohnzimmer.« Sie schlug mit der gesunden Hand nach einem der lästigen Blutsauger, der sich auf ihrer Wange niedergelassen hatte, und trat zur Seite, um Mailin Platz zu machen.
»Oh Mailin«, sagte sie und schloss die Tür wieder. »Ich bin so froh, dass du gekommen bist. Ich fürchtete schon, ich hätte alles nur geträumt.«
»Hierher zu kommen war ...«, Mailin suchte nach den richtigen Worten, »... diesmal schwieriger als sonst«, sagte sie schließlich und ließ sich auf das Sofa fallen. »He, wie weich das ist!«, rief sie aus und strich mit der Hand bewundernd über das Velourspolster. »So etwas gibt es bei uns nicht.«
»Bei uns gehören Polstermöbel in jedes Wohnzimmer«, erklärte Julia. »Das ist ...«
In diesem Augenblick ertönte die melodische Tonfolge des Telefons, das auf dem Couchtisch lag, und eine kleine rote Lampe blinkte auf. Mailin rutschte schnell in die hinterste Ecke des Sofas.
»Was ist das?«, fragte sie misstrauisch.
»Unser Telefon. Bestimmt ruft meine Mutter an.« Julia griff nach dem Telefon und blickte auf das Dis-

play. »Stimmt, sie will sicher wissen, ob hier alles in Ordnung ist. Sei jetzt bitte ganz leise.« Sie legte den Finger auf die Lippen und nahm dann den Anruf entgegen.
»Julia Wiegand«, meldete sie sich. »Hallo, Mutti! – Ja, hier ist alles okay, mach dir keine Sorgen. – Nein, ich sehe noch ein bisschen fern und gehe dann ins Bett. – Klar, hab ich die Haustür abgeschlossen, und die Fenster sind auch alle zu. Meinst du, ich will mich von den Mücken zerstechen lassen? – Okay, viel Spaß noch. Tschüssi!« Julia drückte den roten Knopf und atmete hörbar aus. Warum musste ihre Mutter ausgerechnet jetzt anrufen? Sie war noch gar nicht dazu gekommen, mit Mailin zu sprechen, und wusste noch nicht, ob das Elfenmädchen ihr helfen konnte. Jetzt hatte sie ihrer Mutter vorgemacht, alles wäre in Ordnung. Wenn sich nun herausstellte, dass Mailin ihr nicht helfen konnte, würde es ganz schön peinlich für sie werden.
»Ihr Menschen besitzt ja doch eigene Magie«, stellte Mailin erstaunt fest und deutete auf das Telefon.
»Das ist keine Magie.« Obwohl es in ihrem Arm heftig pochte, schmunzelte Julia. »Das ist Technik – autsch!« Ein schmerzhafter Stich fuhr ihr plötzlich vom Ellenbogen bis in die Schulter hinauf und sie krümmte sich. Den rechten Arm mit der linken Hand festhaltend setzte sie sich in den Sessel, weil ihr schwindelig wurde, und versuchte die Tränen fortzublinzeln, die ihr in die Augen schossen.

»Ist es so schlimm?« Mailin war besorgt aufgesprungen und neben Julia getreten. »Ich habe vorhin nicht alles verstanden, was du gesagt hast. Nur so viel, dass du vom Pferd gefallen bist und dir vermutlich den Arm gebrochen hast.«
»Nicht nur vermutlich«, knirschte Julia mit zusammengebissenen Zähnen. »So wie der inzwischen weh tut, ist er hundertprozentig gebrochen.«
»Und warum suchst du nicht einen Heiler auf, der deinen gebrochenen Arm behandelt?«
»Ach, das dauert viel zu lange. Dann wird der Arm für Wochen eingegipst und ich kann eine Ewigkeit nicht reiten.« Julia schluchzte leise. »Außerdem sind am Sonntag die Mounted Games auf Gut Schleen. Da darf ich auf keinen Fall fehlen, sonst kann die ganze Mannschaft nicht starten.«
»Eingegipst? Was bedeutet das?«
»Da packen die Ärzte, oder Heiler, wie du sie nennst, den Arm so fest ein, dass man ihn nicht bewegen kann«, erklärte Julia. »Und es dauert lange, bis er geheilt ist. Deshalb hoffte ich, dass es bei euch schneller geht. Man sieht das hier manchmal in Filmen. Da werden Verwundete mit Hilfe von Elfenmagie schnell wieder gesund. Deshalb habe ich dich gerufen.«
»Nun, ich weiß zwar nicht, was Filme sind, aber es stimmt, dass wir gebrochene Knochen nicht wochenlang eingipsen.« Mailin grinste. »Ich habe mir vor vielen Jahren mal den Fuß gebrochen und konnte schon am nächsten Tag wieder reiten.«

»Wirklich?« Julia schniefte und wischte erneut eine Träne fort. In ihren Augen glomm ein schwacher Hoffnungsschimmer. »Meinst du ..., würdest du ... Also, was ich sagen will ist: Wäre das bei mir vielleicht auch möglich? Ich muss unbedingt ganz schnell wieder gesund werden. Noch weiß niemand, dass der Arm gebrochen ist. Alle denken, es wäre nur eine Prellung. Wenn wir uns beeilen ...«
»Moment.« Mailin hob beschwichtigend die Hand. »Du musst wissen, dass ich keine Heilerin bin und dir bei einem gebrochenen Arm nicht helfen kann. Aber ...« Sie verstummte, weil Julia furchtbar enttäuscht aussah.
»Dann war also alles umsonst«, murmelte sie niedergeschlagen.
»Nun lass mich doch erst einmal ausreden«, sagte Mailin und fuhr fort: »Aber wenn du willst, kannst du mich in die Elfenwelt begleiten. Enid erwartet dich dort und hat mir versprochen, alles in ihrer Macht Stehende zu tun, um dir zu helfen.«
Julia riss erstaunt die Augen auf. »Ehrlich?«
»Es ist, wie ich gesagt habe. Ich bin gekommen, um dich abzuholen. Wenn es dein Wunsch ist, werde ich dich zu Enid bringen, und sie wird versuchen, deinen Arm zu heilen.«
»Oh, damit hätte ich niemals gerechnet.« Julia war sehr aufgeregt. »Ich darf dich wirklich in die Elfenwelt begleiten? Das ist total abgefahren, echt. So was gibt es nur in Märchen.«

»Natürlich. Viele eurer Märchen stammen aus jenen Zeiten, in denen die Tore zwischen den Welten noch offen waren«, erklärte Mailin.
Doch Julia schien ihr gar nicht zuzuhören. »Wann geht es los?«, fragte sie ungeduldig.
»Sobald du bereit bist. Gohin wartet hinter einer dichten Hecke nahe des Dorfes auf uns.«
»Bin schon unterwegs.« Julia stand auf, um ihre Schuhe zu holen. Ihr Arm tat zwar höllisch weh, doch die Aussicht auf eine baldige Heilung ließ sie die Schmerzen leichter ertragen.

Ein Ritt durch Raum und Zeit

Zehn Minuten später saßen die beiden Mädchen auf Gohins Rücken und machten sich auf den Weg zum Wald bei der Danauer Mühle, wo sich das Tor zur Elfenwelt befand. Während das letzte Tageslicht im Westen allmählich verblasste, ritten sie im Schutz der hohen Hecken langsam am Rande der abgeernteten Felder entlang. Dabei waren sie immer darauf bedacht, nicht zu nah an die Landstraße oder an eines der Gehöfte heranzukommen, die einsam inmitten der Felder lagen.
Sie mussten sehr vorsichtig sein, denn obwohl es schon fast dunkel war, herrschte überall noch reges Treiben. Schon als sie das Haus verlassen hatten, war es Julia so vorgekommen, als würden die meisten Einwohner von Neu Horsterfelde den milden Sommerabend für eine Grillparty nutzen.
Überall sah sie Lampions und das flackernde Licht von Gartenfackeln, und von allen Seiten ertönte Lachen und munteres Stimmengewirr.
Einmal konnten Mailin und Julia gerade noch einem Fußgänger ausweichen, der seinen Hund spazieren führte und plötzlich hinter einer Hecke auftauchte. Der Mann hatte sie in der Dunkelheit nicht erkannt und nur freundlich gegrüßt, doch Julia war froh, als

sie aus dem Dorf heraus waren und Gohin dort vorfanden, wo Mailin ihn zurückgelassen hatte. Das Elfenmädchen musste kräftig mithelfen, damit sich Julia auf den Rücken des Schimmels hieven konnte. Dann war sie endlich oben und hielt sich mit dem linken Arm an Mailin fest, die vor ihr saß.

»Ganz schön viel los heute Abend«, stellte Mailin fest und deutete nach rechts, wo sich eine Kolonne von Autos über die Landstraße auf Neu Horsterfelde zubewegte. Die lauten Motorengeräusche schallten über das Feld. »Eure pferdelosen Kutschen machen einen fürchterlichen Krach«, meinte sie kopfschüttelnd und klopfte Gohin, der solchen Lärm nicht gewöhnt war, beruhigend den Hals.

Zu jeder anderen Gelegenheit hätte Julia über diese Bemerkung geschmunzelt und eine Erklärung abgegeben, doch ihr Arm vertrug den Ritt nicht und schmerzte mehr als je zuvor. Zwar ruhte er jetzt in einer provisorischen Schlinge, die Mailin aus dem Bezug von Julias Kopfkissen geknotet hatte, doch Julia spürte auf dem holprigen Boden jeden Hufschlag.

Mailin deutete ihr Schweigen richtig und fragte besorgt: »Hast du Schmerzen?«

»Solange wir weiter im Schritt reiten, geht es«, erwiderte Julia und biss die Zähne zusammen. Sie fühlte, dass Mailin es eilig hatte und gern schneller reiten wollte. Doch schon bei einem leichten Trab könnte Julia die Schmerzen nicht mehr ertragen. Sie hatte

bereits ein mulmiges Gefühl in der Magengegend und ein leichter Schwindel zwang sie, sich fester an Mailin zu klammern.
»Sag mir sofort Bescheid, wenn du es nicht mehr aushältst«, ermahnte Mailin ihre Freundin. »Nicht, dass du plötzlich ohnmächtig wirst und vom Pferd fällst.«
»Ja, Mama!« Das sollte locker klingen, doch der Versuch scheiterte kläglich.
Bald blieben die Straße und die abgelegenen Häuser hinter ihnen zurück. Mailin lenkte Gohin nach rechts, wo ein schmaler Trampelpfad in den Danauer Forst hineinführte.
Diesmal näherten sie sich dem Tor zur Elfenwelt nicht über den Weg am Springgarten vorbei, sondern genau von der anderen Seite. Es war der Weg, den Julia immer ritt, wenn sie nach Neu Horsterfelde wollte. Bewundernd stellte sie fest, dass sich ihre Freundin auch in der Dunkelheit mühelos zwischen den Bäumen zurechtfand.
Für Julia war das Reiten jetzt erträglicher, denn auf dem ebenen, von Laub und Tannennadeln bedeckten Waldboden war Gohins Hufschlag viel weicher und federnder als draußen auf den buckeligen Feldern. Sie schloss die Augen und versuchte sich abzulenken, indem sie auf die Geräusche des nächtlichen Waldes lauschte, doch davon wurde ihr wieder übel und sie gab den Versuch auf. Die Schmerzen in ihrem Arm und die Übelkeit beanspruchten sie so sehr, dass sie nicht einmal mehr aufgeregt war. Das

änderte sich allerdings schlagartig, als sie plötzlich vor den beiden gekreuzten Buchenstämmen standen, zwischen denen sich das Tor zur Elfenwelt befand.
»Wir sind da!«, verkündete Mailin erleichtert. »Jetzt brauchen wir nur noch durch das Tor zu reiten und deine Schmerzen gehören schon bald der Vergangenheit an.« Sie schnalzte mit der Zunge und Gohin machte ein paar Schritte auf die beiden Buchen zu.
»Warte!« Auf einmal hatte Julia Angst. Fürchterliche Angst. Obwohl sie sich nichts sehnlicher wünschte als wieder gesund zu sein, fielen ihr unzählige Dinge ein, die vielleicht geschehen mochten, wenn sie Mailin in deren Welt folgte.
Was, wenn sie nicht wieder zurückkam? Oder wenn sie zu lange in der Elfenwelt blieb und ihre Eltern bei ihrer Rückkehr als steinalte Greise vorfand? Was, wenn Enid ihr gar nicht helfen konnte? Oder wenn sie von Mailin getrennt wurde und den Weg zurück allein nicht fand? Vielleicht durften Menschen auch gar nicht durch das Tor gehen, weil es nur für Elfen bestimmt war. Dann könnte es durchaus passieren, dass sie bei dem Versuch ...
»Julia?« Sanft schob sich Mailins Stimme in ihre wirbelnden Gedanken. Das Elfenmädchen hatte Julias Hand ergriffen. »Du brauchst keine Angst zu haben«, erklärte sie in einem Ton, als wisse sie genau, was in ihrer Freundin vorging. »Wenn wir das Tor durchschreiten, wird es nur für einen kurzen Moment kalt werden. Das ist alles. Enid erwartet uns auf

der anderen Seite. Sie wird deinen Arm heilen und dann bringe ich dich sofort hierher zurück. Niemand wird bemerken, dass du fort gewesen bist, denn das Tor wird uns fast genau zum selben Augenblick zurückbringen, zu dem wir es betreten haben.«

»Hm.« Julia kaute nachdenklich auf der Unterlippe, während sie die Gefahren, die das Tor mit sich bringen konnte, gegen seinen Nutzen abwog. Sie konnte jedoch keine Entscheidung treffen.

»Vertrau mir!« Aufmunternd drückte Mailin Julias Hand. »Es wird dir nichts geschehen.«

Wie gern hätte Julia ihr geglaubt. Aber die quälende Angst gab einfach keine Ruhe und eine mahnende Stimme wisperte ihr zu, dass es klüger sei, das Tor nicht zu betreten. Sie wusste: Dahinter lag etwas, das vor ihr kaum ein Mensch gesehen hatte. Eine Welt, auf die sie zwar neugierig war, in die sie aber nicht gehörte. Julia seufzte leise. Schließlich gab sie sich einen Ruck. Sie hatte Mailin gerufen und um Hilfe gebeten. Jetzt lag die ersehnte Hilfe nur ein paar Schritte entfernt. Alles, was sie noch davon trennte, war das Tor und ihre Zaghaftigkeit.

»Okay«, sagte sie schließlich und holte tief Luft. »Gehen wir.« Sie löste ihre Hand aus Mailins Griff und umklammerte die Taille des Elfenmädchens, so fest sie konnte. Dann legte sie die Stirn an Mailins Rücken und schloss die Augen. Sie hörte, wie Mailin leise mit der Zunge schnalzte, und spürte, wie Gohin sich langsam in Bewegung setzte.

Eins, zwei, drei … Sie zählte die Schritte des Elfenpferdes, während ihr Herz wie wild zu pochen begann. … vier, fünf … Das Tor musste jetzt direkt vor ihnen sein. Julia war so aufgeregt und ängstlich, dass sie nicht mehr zu atmen wagte. … sechs. Julia meinte, ihr rasendes Herz bleibe stehen. Weil sie die Anspannung nicht länger aushielt, wagte sie einen blinzelnden Blick nach vorn – und stieß einen erschrockenen Schrei aus.
Das Tor hatte sich verändert. Zwischen den gekreuzten Stämmen hatte sich ein funkelnder Strudel gebildet, dessen spiralförmige Streifen in Silber und Dunkelblau entfernt an den Andromedanebel erinnerten, den Julia von den Weltraumfotos in ihrem Erdkundebuch kannte. Im Gegensatz zu dem Foto war dieser Spiralnebel aber nicht starr. Er bewegte sich. Abermillionen winziger, funkelnder Sternchen wanderten vom Rand langsam auf einen schwarzen Punkt in der Mitte der Spirale zu, wo sie im Nichts verschwanden.
Julia wollte Mailin etwas zurufen, doch in diesem Moment tauchte Gohins Kopf in die wirbelnden Punkte ein und war nicht mehr zu sehen. Julia schloss die Augen, weil sie den Anblick des scheinbar kopflosen Tieres nicht ertragen konnte. Insgeheim verfluchte sie sich dafür, die Augen geöffnet zu haben, denn zum Umkehren war es zu spät. Ihr blieb nichts anderes übrig, als sich an Mailin festzuklammern und abzuwarten.

Dann wurde es kalt. Kalt und still. Mailin hatte Julia zwar vorgewarnt, doch die Kälte, die plötzlich nach ihr griff, ließ sich mit nichts vergleichen, was sie bisher erlebt hatte. Es war wie – Julia erschauerte – wie in einer Gruft, leblos, tot. Und die unheimliche, allgegenwärtige Stille verstärkte diesen Eindruck noch. Krampfhaft hielt sie die Augen geschlossen und wartete. Zum Glück behielt Mailin Recht: Die Kälte verschwand so schnell, wie sie gekommen war. Auch die Stille hielt nicht an. Julia hörte ein Geräusch, das klang, als würden Gohins Hufe in seichtes Wasser tauchen – es war vorbei.
Geschafft, dachte Julia glücklich. Ich habe es tatsächlich geschafft. Erleichtert öffnete sie die Augen und sah sich um. Etwas stimmte nicht. Warum blieb Gohin mitten im Wasser stehen? Warum sagte Mailin nichts? Das Elfenmädchen saß wie versteinert vor ihr und starrte auf etwas. Julia reckte den Kopf, um über Mailins Schulter zu spähen, und erblickte eine Gestalt in langem dunklem Umhang, die am Ufer stand. Ihr Kopf wurde fast völlig von einer weiten Kapuze bedeckt und die Hände steckten in den überlangen Ärmeln des Umhangs.
Das muss Enid sein, dachte Julia. Doch gleich darauf erkannte sie ihren Irrtum.
»Jetzt hab ich dich, du miese kleine Verräterin«, erklang eine gedämpfte Stimme aus dem Schatten der weiten Kapuze, während die Gestalt langsam die Hände hob, um ihr Gesicht zu enthüllen.

Atemlos verfolgte Julia, was geschah. Sie verstand nicht, was hier vor sich ging, spürte aber, dass es eindeutig nicht das war, was Mailin erwartet hatte. Das Elfenmädchen saß noch immer reglos vor ihr und schien so überrascht zu sein, dass sie zu keiner Reaktion fähig war.

»Erkennst du mich nicht?«, fragte die Gestalt und ließ die Kapuze mit einer überheblich wirkenden Bewegung in den Nacken gleiten. Das Gesicht einer Frau erschien. Ihr langes weißgraues Haar war von dünnen schwarzen Strähnen durchzogen und im Nacken zu einem kunstvollen Zopf geflochten, der im Mondlicht schimmerte. Ihre blitzenden Augen wanderten von Mailin zu Julia, die unter dem stechenden Blick zusammenzuckte. »Es ist nicht zu fassen«, säuselte die Frau mit aufgesetztem Lächeln. »Diesmal hast du es sogar gewagt, einen Menschen in unsere Welt zu bringen. Ich habe dich unterschätzt, du bist sogar noch unverschämter, als ich dachte.« Plötzlich wurde ihre Stimme hart und schneidend. »Ich wusste es«, zischte sie. »Ich wusste es die ganze Zeit. Aber der König wollte mir nicht glauben und hat sich von deinen Lügengeschichten blenden lassen. Die heilige Mutter Mongruad, wie? Ich werde sie dem König zeigen, deine Mutter Mongruad.« Ihr mitternachtsblauer Umhang bauschte sich und wirbelte einige trockene Blätter vom Boden auf, als sie sich umdrehte und den Blick auf eine Gestalt freigab, die zusammengekauert in der Nähe eines Baumes hockte.

»Enid!«, keuchte Mailin entsetzt. »Was hast du mit ihr gemacht?«
»Nicht viel«, erklärte Lavendra in beiläufigem Ton. »Ich habe lediglich dafür gesorgt, dass sie dich nicht warnen kann.«
»Du hast sie gefesselt und geknebelt!«, rief Mailin, die in der Dunkelheit viel besser sehen konnte als Julia, erbost aus.
»Na und?« Nun verlor Lavendras Stimme auch die letzte Spur der gespielten Freundlichkeit. »Sie hat dir geholfen!«, giftete sie zornig. »Mit ihrer Hilfe ist es dir gelungen, unsere heiligen Gesetze zu brechen. Durch sie wurden die Anweisungen unseres geliebten Königs mit Füßen getreten und meine Pläne zerstört. Aber jetzt ist das Spiel aus. Ich werde ...«
»... besser gar nichts tun.« Mailin zwang sich zur Ruhe. »Sonst müsste ich dem König leider erklären, dass die ehrwürdige Mondpriesterin Lavendra Shadow in die Welt der Menschen entführt hat, um Macht über seinen einzigen Sohn und Thronfolger, den Prinzen Liameel, zu erlangen. Das wollt Ihr doch sicher nicht, oder?«
»Das wird er nie erfahren«, triumphierte Lavendra. »Vergiss nicht, das Fohlen war für den König und alle anderen nur kurze Zeit fort. Niemand hat bemerkt, dass es nicht das Pferd des Prinzen war, das auf der Weide stand. Mach dir keine Hoffnungen, damit wirst du nicht durchkommen. Wenn der König erfährt, dass du mehrfach heimlich in den Schweige-

wald geritten bist, damit Enid dir hilft in die Menschenwelt zu gehen, wird er dich nicht einmal zu Wort kommen lassen.« Sie lachte böse. »Auf dich wartet eine Strafe, gegen die der Schweigewald die reinste Belohnung wäre – auf dich und diese alte aufsässige Priesterin –, dafür werde ich sorgen. Dann wird es niemand mehr geben, der sich meinen Plänen in den Weg stellen kann.« Sie hob den Arm, deutete auf Julia und lachte schadenfroh. »Und auch für dich, Menschenkind, wird sich hier ein schönes Plätzchen finden, wo du völlig ungestört alt werden kannst.« Sie machte eine kreisende Bewegung mit der geöffneten Hand und sagte befehlend: »Ne indu s'atar.«

Mailin konnte die Worte nicht verstehen, doch sie hörte, wie Enid hinter dem Knebel dumpfe, alarmierende Laute ausstieß. Erschrocken blickte sie sich um und sah, wie der Spiralnebel, der auch auf dieser Seite des Tores zu sehen war, allmählich verblasste.

»Nein!«, schrie sie und riss Gohin an den Zügeln herum. Sie durfte nicht zulassen, dass Julia in der Elfenwelt gefangen war, und versuchte das Tor zu erreichen, bevor es sich schloss – doch es war bereits zu spät. Noch bevor Gohin zwei Schritte gemacht hatte, fiel das Bild des silbernen Spiralnebels in sich zusammen. Das Tor war verschwunden. Sie konnten nicht mehr zurück.

»Du bist zu langsam, Pferdehüterin.« Lavendra unterstrich die Worte mit spöttischem Gelächter. »Du kannst nicht mehr fort, weder in die Menschenwelt noch irgendwo anders hin.«

»Das werden wir ja sehen! Halt dich fest, Julia!« Mailin schnalzte mit der Zunge und ließ die Zügel locker. »Lauf!«, rief sie und Gohin trabte an. Weit kam er allerdings nicht, denn Lavendra hob erneut die Arme, beschrieb zwei große Kreise in der Luft und rief: »Mea ntu eldin's ne sherade!« Im selben Augenblick erhob sich rund um den Weiher eine funkelnde, durchsichtige Wand. Sie wirkte dünn und zerbrechlich, doch als Gohin hindurchzureiten versuchte, prallte er so heftig zurück, als wäre er gegen eine Mauer aus Stein gelaufen. Er strauchelte und wäre fast gestürzt, aber er fand das Gleichgewicht wieder und blieb benommen stehen.

Die Mädchen auf seinem Rücken hatten weniger Glück. Zwar konnte sich Mailin noch an Gohins Mähne festklammern, verlor aber auf dem glatten Pferderücken den Halt und rutschte ins Wasser. Julia erging es nicht viel besser. Mit nur einer Hand hatte sie keine Chance, sich irgendwo festzuhalten. Sie fiel noch vor ihrer Freundin in den flachen Weiher. Der Aufprall raubte ihr fast das Bewusstsein. Ein Übelkeit erregender Schmerz, der ein heftiges Schwindelgefühl mit sich brachte, schoss durch ihren rechten Arm. Ein paar Sekunden lang bestand die Welt für sie nur aus Schmerzen, dem pulsierenden Rauschen des Blutes in den Ohren und Millionen winziger Punkte, die vor ihren Augen tanzten. Dann drang ihr Wasser in Mund und Nase und holte sie hustend und würgend in die Wirklichkeit zurück. Sie fühlte, wie sich ein Arm um ihre Schulter legte, und hörte Mailin fragen: »Julia, bei den Göttern, bist du in Ordnung?«

»Nein!«, presste Julia zwischen zwei Hustenanfällen hervor. Sie fühlte sich hundeelend, war bis auf die Knochen durchnässt und wünschte sich nichts sehnlicher als wieder zu Hause zu sein. Aus den Augenwinkeln sah sie, wie Lavendra an den magischen Käfig trat, den sie um den Weiher errichtet hatte, und sie spöttisch lächelnd ansah.

»Es war ein großer Fehler, hierher zu kommen«, zischte sie. »Ein Fehler, den du bitter bereuen wirst, wenn du das Schicksal dieser Verräterinnen teilst.«

Gefangen

Tüüt – tüüt – tüüt ...
Stirnrunzelnd legte Svea den Telefonhörer auf.
Ob Julia schon schläft?, überlegte sie und schaute auf die Uhr. Es war kurz nach neun.
So früh geht sie an einem Samstag doch nicht ins Bett. Svea starrte das Telefon an, als könnte sie von ihm Hilfe erwarten.
Nachdem sie Moni am späten Nachmittag an der Horsterfelder Badestelle getroffen und von ihr erfahren hatte, dass es Julia wieder besser ging, hatte sie sich zunächst keine Gedanken mehr über die Teilnahme an den Mounted Games gemacht. Doch als sie sich vor fünf Minuten auf ihr Bett gelegt hatte, um in einem Buch mit Turnierregeln zu schmökern, waren ihr plötzlich wieder Bedenken gekommen.
Wenn Julia am nächsten Wochenende nicht mitreiten kann, brauche ich den ganzen Kram hier gar nicht zu lesen, hatte sie überlegt und sich entschlossen, obwohl es schon recht spät war, bei Julia anzurufen und sich nach ihrem Befinden zu erkundigen.
Und jetzt das. Die Ungewissheit machte Svea ganz kribbelig. Weder Julia noch ihre Eltern schienen zu Hause zu sein.
Svea machte sich Sorgen. Immerhin konnte es be-

deuten, dass sich Julia schlimmer verletzt hatte, als sie zunächst dachte, und doch ins Krankenhaus musste. Das wiederum würde bedeuten ... Svea weigerte sich, den Satz zu Ende zu denken.
In einer halben Stunde versuche ich es noch einmal, nahm sie sich vor und schlug das Buch auf. Doch die Buchstaben auf den Seiten wollten einfach keinen Sinn ergeben, während ihr Blick immer wieder ungeduldig zur Uhr wanderte.

»So, das wars. Ihr drei bleibt hier, bis ich die Wachen gerufen und zwei Pferde besorgt habe.« Lavendra überprüfte noch einmal die Knoten der Seile, mit denen sie Mailin gefesselt hatte. Nacheinander hatte sie ihre drei Gefangenen zu Enids Hütte geschafft und sie dort an je einen der Stützbalken gebunden, die frei in dem einzigen großen Raum der Hütte standen. Enid war die Erste gewesen, während Julia und Mailin in ihrem feuchten Gefängnis ausharren mussten. Dann hatte sie Julia geholt. Mailin kam als Letzte an die Reihe. Danach hatte Lavendra Gohin in der Nähe der Hütte an einen Zaun gebunden, wo er grasen konnte. Mailin sah seinen Schweif durch die offene Tür und atmete erleichtert auf. Insgeheim hatte sie schon befürchtet, die Mondpriesterin wür-

de ihr geliebtes Pferd allein in dem magischen Gefängnis zurücklassen.
»Es wird ein wenig dauern«, hörte sie Lavendra von der Tür her sagen. »Aber ihr habt euch sicher viel zu erzählen. Oh!« Sie tat, als fiele ihr erst jetzt etwas ein, das sie völlig vergessen hatte. »Natürlich, Enid kann sich ja nicht an eurem Gespräch beteiligen. Schade.« Sie wandte sich an die Elfenpriesterin: »Ist nicht gerade schön, geknebelt zu sein, wie?«, fragte sie in gespieltem Bedauern. »Die Lippen werden trocken und der Durst unerträglich.« Sie nickte bedächtig und weidete sich an Enids wütendem Gesichtsausdruck. »Aber leider kann ich nichts daran ändern. Schließlich kennen wir beide die Macht der Worte und ich möchte auf keinen Fall riskieren, dass mir meine wertvolle Beute durch eine barmherzige Geste wieder entwischt. Tut mir Leid – mae govannen.« Mit einem boshaften Lächeln, das ihre freundlichen Worte und den alten Elfengruß Lügen strafte, ging sie hinaus und schloss die Tür hinter sich.
Mailin reckte den Hals, schaute durch das Fenster und beobachtete, wie sich Lavendra auf ihr Pferd schwang und davonritt. Daraufhin blieb es lange Zeit still in der Hütte. Jeder hing seinen Gedanken nach. Mailin verwünschte sich dafür, Julia in diese entsetzliche Situation gebracht zu haben, und suchte fieberhaft nach einer Fluchtmöglichkeit. Doch ein leises Schluchzen von Julia lenkte ihre Aufmerksamkeit wieder auf die Freundin.

»Hast du Schmerzen?«, fragte sie.
»Ein wenig.« Julia schniefte. »Lavendra hat gesehen, dass mein Arm gebrochen ist, und ihn nicht mitgefesselt. Aber das ..., das ist es auch nicht. Ich ...« Julia schluchzte laut auf. »Oh, Mailin, ich werde nie wieder nach Hause kommen.«
»Sag das nicht. Ich ..., mir ...« Verzweifelt suchte Mailin nach tröstenden Worten, doch wie sie es auch drehte und wendete, die Lage erschien aussichtslos. »Mir fällt schon noch was ein«, sagte sie deshalb ausweichend und fügte betrübt hinzu: »Es tut mir Leid.«
»Du brauchst dir keine Vorwürfe zu machen«, murmelte Julia. »Du hast es nur gut gemeint. Ich bin selbst schuld daran, dass ich in diese Situation gekommen bin. Warum habe ich dich nur gerufen? Ich hätte zu einem Arzt gehen sollen. Alle haben gesagt, ich solle zu einem Arzt gehen. Aber ich wollte die anderen nicht enttäuschen. Wollte nicht, dass sie wegen mir auf die Mounted Games verzichten müssen. Dachte, mit ein wenig Elfenmagie wäre der gebrochene Arm kein Problem. Und jetzt haben meine Eltern ... Sie suchen mich bestimmt schon. Sie wissen ja nicht ..., haben keine Ahnung, wo ...« Ihre Worte gingen in Schluchzen unter.
»Nicht weinen, Julia«, versuchte Mailin ihre Freundin zu trösten. »Noch ist nichts verloren. Der König ist ein guter Mann, gerecht und weise. Er wird nicht alles so hinnehmen, wie Lavendra es ihm erzählt, sondern bestimmt auch mich anhören. Er hat mir

viel zu verdanken – und euch natürlich auch. Ich glaube nicht, dass er uns so hart bestrafen wird, wie Lavendra es gern hätte.«

»Hmm, hmm.« Das klang, als würde Enid Mailins Auffassung nicht so recht teilen.

Mailin wandte den Kopf und sah, wie sich die Elfenpriesterin in ihren Fesseln wand, als versuche sie die Stricke zu lösen – und plötzlich begriff sie.

»Wie auch immer«, sagte sie und zerrte ebenfalls an den Fesseln. »Viel besser, als auf die Gnade des Königs zu hoffen, wäre, wenn es uns gelänge, von hier zu verschwinden.«

»Aber ich kann mich nicht bewegen«, erklärte Julia. »Mein Arm ...«

»Das musst du auch nicht«, fiel Mailin ihr ins Wort, ohne in ihren Befreiungsversuchen innezuhalten. »Sobald ich frei bin – also, wenn ich es schaffe, die Seile zu lockern –, helfe ich dir.«

Immer wieder ruckte sie hin und her und auf und ab – vergeblich. Schließlich gab sie es auf. »Es hat keinen Sinn. Ich schaffe es nicht«, keuchte sie erschöpft und rang um Atem. »Die Knoten sind zu fest. Ich wünschte, ich könnte wenigstens ...«

»Hmm, hmmm, hmpf.« Auch Enid hatte mit ihren Versuchen, den Knebel los zu werden, keinen Erfolg gehabt. Wie Mailin hatte sie das sinnlose Unterfangen aufgegeben und fixierte nun mit den Augen etwas in der Nähe des Herdfeuers. Den Blick fest auf den Gegenstand gerichtet, wirkte sie wie erstarrt.

Mailin wollte Enid etwas fragen, schluckte die Worte jedoch hinunter, weil sie spürte, wie sich die Luft in der Hütte allmählich verdichtete. Die Veränderung erinnerte sie an das Gefühl, das sie immer dann beschlich, wenn Enid am Weiher ein Tor zur Menschenwelt öffnete. Es war, als würde die Luft dicker. Das Atmen fiel ihr zunehmend schwerer und plötzlich erkannte sie, was geschah.

Magie! Sie hatte keine Ahnung, was die Elfenpriesterin vorhatte, fühlte aber, dass sie trotz Knebel und Fesseln versuchte, einen Zauber zu weben.

»Mailin, was ist das?« Das war Julia. Sie flüsterte so leise, als spüre auch sie die magischen Kräfte, die sich in dem kleinen Raum zusammenballten.

»Pst!« Das Elfenmädchen wagte nicht zu sprechen. Sie ahnte, dass dieser Zauber für Enid eine ungeheure Anstrengung bedeutete, und wollte sie auf keinen Fall stören.

Julia nickte und fragte nicht weiter nach, doch Mailin konnte in den Augen ihrer Freundin deutlich sehen, dass sie sich ängstigte. Gern hätte sie Julia beruhigt, fürchtete aber, dass jedes Wort den Zauber zum Erlöschen bringen könnte. So konzentrierte sie ihre ganze Aufmerksamkeit darauf, herauszufinden, was die Elfenpriesterin vorhatte. Im unsteten Schein des heruntergebrannten Feuers konnte sie zunächst nichts erkennen, doch als sie dem Blick der Elfenpriesterin erneut folgte, bemerkte sie, dass diese einen länglichen Gegenstand anstarrte, der sich auf dem kupfernen Rauchfang über der Feuerstelle befand. Obwohl Mailin in der Dunkelheit gut sehen konnte, war es ihr unmöglich zu erkennen, worum es sich handelte. So beschränkte sie sich darauf, das Teil weiter zu beobachten, und betete im Stillen darum, dass, was immer Enid vorhatte, von Erfolg gekrönt sein möge.

Endlose Minuten verstrichen, in denen nur das Knistern des Feuers zu hören war. Die Magie füllte inzwischen den ganzen Raum und trug eine gespannte Erwartung in sich, die selbst Julia zu spüren schien. Die Furcht in ihren Augen war verschwunden. Wie Mailin wartete sie nun schweigend darauf, was geschehen würde.

Krrrzz!

Mailin zuckte zusammen. Das kratzende und schabende Geräusch kam vom Rauchfang. Hatte sich der Gegenstand gerade bewegt? Oder spielten ihre überreizten Sinne ihr einen Streich?

Krrrzz!

Mailin blinzelte, weil sie fürchtete, sich getäuscht zu haben, doch schon im nächsten Augenblick wiederholte sich das Geräusch. Diesmal gab es keinen Zweifel – das Ding hatte sich ganz eindeutig bewegt. Begleitet von einem metallisch schabenden Geräusch begann die Spitze des Gegenstandes zunächst langsam und dann immer schneller hin und her zu schwingen.

Der hässliche Ton, der dabei erzeugt wurde, durch-

brach die lastende Stille. Dazwischen hörte Mailin Enid vor Erschöpfung schwer atmen. Doch die Elfenpriesterin gab nicht auf. Ihre Magie blieb stark genug, um den Gegenstand in Schwung zu halten, und schaffte es sogar, das Pendeln weiter zu verstärken. Immer höher schaukelte er, wie eine Stange, die nur an einem Ende befestigt ist.
Als die Bewegungen zu heftig wurden, löste er sich von dem Haken, der ihn am Rauchfang gehalten hatte, und fiel scheppernd zu Boden. Dort rutschte das Ding ein Stück in Richtung des Stützpfeilers, an den Mailin gefesselt war, und blieb knapp einen Meter vor ihren Füßen liegen. Endlich erkannte Mailin, was es war: ein Kräutermesser. Es hatte einen geschnitzten Holzgriff und besaß eine kurze breite Klinge, die sehr scharf war und sich hervorragend zum Zerkleinern von holzigen Wurzelfasern eignete. Von Wurzelfasern und auch – von Seilen! Mailins Herz machte vor Freude einen Sprung. Das Messer war ihre Rettung. Doch leider lag es noch zu weit entfernt, als dass sie es mit dem Fuß hätte erreichen können. »Noch ein kleines Stück, ehrwürdige Enid«, flüsterte Mailin und tastete mit dem Fuß so weit wie möglich über den Boden. »Ich komme noch nicht an das Messer heran.«
Sie erhielt keine Antwort. Verwundert schaute sie zu Enid hinüber und sah, dass die Elfenpriesterin in den Fesseln zusammengesunken war. Ihr Kopf neigte sich leicht nach vorn und die Augen waren geschlos-

sen. Vermutlich hatte ihr die ungeheure Anstrengung das Bewusstsein geraubt.
»Barad!«, schimpfte Mailin. Das Messer war so nah, die Freiheit schon fast in greifbarer Nähe. Nach all dem, was Enid auf sich genommen hatte, konnte ihre Rettung doch nicht an ein paar lächerlichen Zentimetern scheitern.
»Was ist los?« Endlich wagte auch Julia wieder zu sprechen. Da sie im schwachen Licht des erlöschenden Feuers so gut wie nichts sehen konnte, hatte sie versucht sich anhand der Geräusche zusammenzureimen, was geschah.
»Enid hat mittels Magie ein Messer vom Rauchfang heruntergeholt und es zu mir rutschen lassen«, erklärte Mailin leise.
»Das ist ja super«, freute sich Julia. »Vielleicht kannst du uns damit befreien.«
»Daraus wird wohl nichts«, murmelte Mailin. »Das Messer liegt noch fast einen Meter von mir entfernt. Ich komme nicht ran.«
»So ein Mist!«, stieß Julia enttäuscht hervor. »Aber vielleicht kann Enid noch einmal ...«
»Es sieht nicht so aus.« Mailin seufzte. »Der Zauber ging wohl über ihre Kräfte. Ich fürchte, sie ist ohnmächtig geworden.«
»Oh nein!« Julia begriff, warum Mailin so entmutigt klang. Schlimmer hätte es wohl kaum kommen können. »Und was machen wir jetzt?«
»Ehrlich gesagt hab ich keine Ahnung.«

»Kannst du dich nicht hinsetzen?«, fragte Julia. »Dann sind deine Beine länger. Vielleicht kommst du so an das Messer heran.«
»Hm, ich probier es mal.«
Julia reckte sich, um zu sehen, ob es dem Elfenmädchen gelang, doch die Bewegung ließ die Schmerzen in ihrem Arm erneut aufflammen. »Geht es?«, erkundigte sie sich mit zusammengebissenen Zähnen.
»Moment, ich bin noch nicht ganz unten. Autsch!«
»Was ist passiert?«
»Ach, das Holz des Pfeilers ist fürchterlich rau. Ich hab mindestens schon acht Splitter in der Hand stecken.« Mailins Stimme klang angestrengt. »Warte mal ...« Ein dumpfes Geräusch ertönte und eine leichte Erschütterung lief durch die Bodendielen. »Geschafft, ich sitze jetzt«, sagte Mailin atemlos.
»Und, kommst du nun an das Messer heran?«
Mailin antwortete nicht. Sie schien sich mit Leibeskräften zu bemühen, das Messer zu erreichen.
»Mailin, sag doch was«, forderte Julia ihre Freundin ungeduldig auf.
Wenn ich nur sehen könnte, was sie gerade macht, dachte sie verzweifelt und startete erneut einen Versuch, sich in ihren Fesseln zu bewegen – vergeblich.
»Ich hab es!« Mailins Worte waren nicht mehr als ein Flüstern. »Das Messer liegt direkt vor mir.«
»Wahnsinn!« Julia schöpfte neue Hoffnung. »Nun schaffst du es bestimmt, uns zu befreien.«
»Nicht so schnell«, dämpfte Mailin die Aufregung

ihrer Freundin. »Zunächst muss ich mich umdrehen, damit ich das Messer mit den Händen erreiche. Hier vorn nützt es mir wenig.«
Wieder war ein Rascheln und Schaben zu hören, das hin und wieder von Mailins ärgerlichem Gemurmel unterbrochen wurde.
Hoffentlich gelingt es ihr, dachte Julia und lauschte angestrengt in den Raum hinein. Sie wollte ihre Freundin nicht mit unnötigen Fragen nerven, doch irgendwann hielt sie es einfach nicht mehr aus. »Klappt es?«, erkundigte sie sich vorsichtig.
»Ich bin fast rum. Nur noch diese letzte Ecke ... Autsch, so ein Mist, schon wieder ein Splitter!« Mailin murmelte etwas in der Elfensprache, dann sagte sie: »In Ordnung, ich hab das Messer jetzt in der Hand. Drück mir bloß die Daumen, dass ich mir nicht aus Versehen in den Arm schneide.«

Auf Messers Schneide

»Immer noch niemand zu Hause.« Besorgt legte Svea den Hörer wieder auf das Telefon. Die halbe Stunde war zwar noch nicht ganz verstrichen, aber sie hatte die Ungewissheit nicht länger ertragen und noch einmal bei Julia angerufen. Den Versuch, in den Turnierregeln zu lesen, hatte sie ohnehin längst aufgegeben, weil sie sich nicht konzentrieren konnte.
Am liebsten hätte sie sich auf ihr Fahrrad geschwungen und wäre zu Julia nach Hause gefahren. Nur, was nützte das, wenn dort niemand war?
Vielleicht haben Julias Eltern Besuch und sitzen draußen im Garten, versuchte sie sich zu beruhigen. Immerhin war Wochenende und es herrschten noch sommerliche Temperaturen – ein idealer Abend zum Grillen.
Ich könnte mal hinfahren und nachsehen, überlegte sie, doch ein Blick aus dem Fenster machte ihr schnell klar, wie unsinnig der Gedanke war.
»Vergiss es«, sagte sie zu sich. »Mutti lässt mich nicht allein in der Dunkelheit fahren.« Betrübt ließ sie sich auf ihr Bett plumpsen und starrte zur Decke.
Plötzlich hörte sie ihren Schäferhund Filko freudig bellen. Das ist bestimmt Paps, dachte sie und sprang vom Bett. Ihr Vater war Polizist und kam gerade von

der Spätschicht nach Hause. Wenn das Wetter es zuließ, schnappte er sich danach oft sein Fahrrad und fuhr mit Filko an der Leine noch eine halbe Stunde durch den Danauer Forst.
Das war die Gelegenheit. Svea stürzte aus dem Zimmer und sauste die Treppe hinunter. Sie erreichte die Haustür im selben Augenblick, in dem ihr Vater sie aufschließen wollte, und riss sie auf.
»Hi, Paps«, keuchte sie und strahlte ihren Vater an.
»Svea! Du meine Güte, was für eine stürmische Begrüßung!« Ihr Vater lachte, verwuschelte Svea die blonden Haare und schloss die Tür hinter sich. »Was ist los?«, fragte er in gespieltem Misstrauen und musterte sie mit kriminalistischem Blick. »Schlechte Noten?«
»Quatsch!« Svea grinste. »Heute ist doch Samstag. Außerdem«, fügte sie schnippisch hinzu, »hast du eine Musterschülerin als Tochter.«
»So, habe ich? Das wusste ich gar nicht«, neckte ihr Vater.
»Gut, dann eben eine mustergültig mittelmäßige Schülerin«, lenkte Svea ein.
»Schon besser. Nun, was gibt es so Dringendes, dass du mir hinter der Tür auflauerst?«
»Nichts. Ich würde dich heute nur gern begleiten, wenn du mit Filko in den Forst fährst«, erklärte Svea. »Und weil du immer so schnell weg bist, hab ich mich beeilt, um dich noch rechtzeitig zu erwischen.«
»Du willst mit?« Sveas Vater zog erstaunt eine Augen-

braue hoch. »Das ist ja ganz was Neues, wo du dich sonst vor jedem Fahrradkilometer drückst. Da steckt doch bestimmt mehr dahinter.«

»Nein.« Svea schüttelte energisch den Kopf, zog das Wort aber so in die Länge, dass es kaum noch glaubwürdig klang. »Ich ..., ich wollte ..., ähm, Julia nur die Unterlagen mit den Turnierregeln der Mounted Games vorbeibringen«, schwindelte sie. »Ich hab es ihr heute Nachmittag fest versprochen und dann vergessen. Aber sie ist bestimmt noch wach. Wenn nicht, kann ich sie ihr in den Briefkasten stecken, dann findet sie sie gleich morgen früh.«

»Hm.«

Svea konnte ihrem Vater ansehen, dass er ihr die Erklärung nicht ganz abnahm. Aber er fragte nicht weiter nach und sagte nur: »Dann zieh dich um. Abends sind immer besonders viele Mücken unterwegs. Ohne lange Hose und Sweatshirt nehme ich dich nicht mit. Wo ist eigentlich deine Mutter?«

»Im Keller. Sie hat den Ofen angeschmissen und brennt ihre Töpferarbeiten.«

»Dann sag ich schnell mal Hallo und erzähle ihr, dass du mit mir fährst. In fünf Minuten geht es los.« Er hängte seine Dienstmütze an die Garderobe und ging zur Kellertür. »Und vergiss die Turnierregeln nicht«, meinte er augenzwinkernd, bevor er die Treppe hinabstieg.

»Wie kommst du voran?« Julia kam es so vor, als würde das Messer schon seit einer Ewigkeit sägend über Mailins Fesseln fahren. Nur die angestrengten Atemzüge des Elfenmädchens übertönten das Ratschen hin und wieder.

»Es ist schwer«, keuchte Mailin. »Wahnsinnig schwer. Das Messer ist sehr scharf, aber ich kann es nicht richtig halten. Außerdem sehe ich nicht, was ich mache, und möchte mich auf keinen Fall an der Klinge verletzen.«

»Lavendra ist schon so lange fort«, flüsterte Julia. »Glaubst du, du schaffst es, dich zu befreien, bevor sie zurückkommt?«

»Woher soll ich das wissen?« Mailins Erschöpfung ließen die Worte ziemlich unfreundlich klingen. Julia zuckte erschrocken zusammen und schämte sich für ihre Ungeduld. Ihre Freundin war verzweifelt darum bemüht, sie alle zu befreien, und sie belästigte sie mit überflüssigen Fragen. Julia beschloss, vorerst den Mund zu halten.

Schscht, schscht, schscht. Mit geschlossenen Augen folgte sie dem Auf und Ab des Messers. Eigentlich war es völlig egal, ob sie die Augen auf oder zu hatte, denn in der Hütte war es stockdunkel. Der Mond

hatte sich gerade hinter einer Wolkenbank verkrochen und das Feuer in der Mitte des Raums war fast erloschen.
Während sie lauschte, kämpfte Julia beharrlich gegen die Schmerzen an, die sie peinigten. Das Pochen in dem gebrochenen Arm hatte wieder zugenommen. Sehnlichst hoffte sie, endlich das erlösende »Ich hab es geschafft!« von Mailin zu hören.
Stattdessen drangen plötzlich ganz andere Laute an ihr Ohr. Laute, die ihr Herz für gewöhnlich höher schlagen ließen, ihr jetzt aber einen eisigen Schrecken durch die Glieder jagten.
Hufschlag! Zunächst war er nur als eine leichte Erschütterung im Boden zu spüren, doch als das Pferd näher kam, war der hämmernde Dreitakt der Hufe bis in die Hütte zu hören. Angestrengt spitzte Julia die Ohren. Es war nur ein Pferd, das sich rasch näherte, und das konnte nur bedeuten: Die Mondpriesterin kehrte zurück!
»Mailin«, flüsterte sie warnend. »Lavendra kommt.«
»Ich weiß«, erwiderte Mailin atemlos. Das Geräusch des auf und ab fahrenden Messers beschleunigte sich und der keuchende Atem ihrer Freundin zeigte Julia, dass das Elfenmädchen noch einmal alle Kräfte zusammennahm, um die Fesseln zu durchtrennen.
Das Pferd war jetzt ganz nah. Sein heller Körper war kurz hinter dem kleinen Fenster der Hütte zu sehen, dann verstummte der Hufschlag und leise tappende Schritte näherten sich der Tür.

»Mailin!«, stieß Julia mit vor Angst bebender Stimme hervor. »Bitte beeil dich, sie ist gleich hier.«
Aber es war zu spät. Noch bevor das Elfenmädchen etwas erwidern konnte, wurde die Tür der Hütte aufgestoßen und Lavendra rauschte herein.
»Hervorragend!«, rief sie zufrieden aus. »Wie ich sehe, ist hier noch jeder schön an seinem Platz.«
Sie trat ein paar Schritte in den Raum hinein und hob beschwörend die Hand.
»Calad!«, befahl sie in der alten Sprache der Elfen und die drei Öllampen an den Wänden entzündeten sich wie von Geisterhand.
»So ist es besser.« Lächelnd kam Lavendra auf Julia zu und ging wortlos um sie herum. »Gut, gut«, murmelte sie, während sie die Knoten der Fesseln überprüfte. »Ich sehe, du bist brav gewesen und hast klugerweise darauf verzichtet, einen Befreiungsversuch zu unternehmen.« Sie zerrte an einem der Seile und zwang Julia damit zu einer Bewegung, die sie vor Schmerzen zusammenfahren ließ. Julia schossen Tränen in die Augen und ein unterdrückter Schrei kam über ihre Lippen.
»Oh, entschuldige«, säuselte Lavendra in einem Tonfall, der deutlich machte, dass sie genau dies beabsichtigt hatte. »Wie unachtsam von mir. Ich hatte ganz vergessen, dass du verletzt bist. Nun, tröste dich, die Wachen holen nur noch zwei Pferde für dich und Enid. Sobald sie hier eintreffen, bist du die unbequemen Fesseln los.« Sie wandte sich um und

trat vor die Elfenpriesterin, die noch immer besinnungslos in ihren Fesseln hing.
»Nanu?«, sagte sie in gespielter Überraschung und hob Enids Kopf ein wenig an. »War die Aufregung womöglich etwas zu viel für meine gute alte Freundin? Oder haben die vielen Jahre im Schweigewald dich alt und gebrechlich werden lassen?« Ihr höhnisches Lachen erfüllte den Raum. »Nun, wie auch immer. Ich werde dich nicht aufwecken. Schlafend kannst du wenigstens keinen Schaden anrichten und kommst nicht auf die Idee, irgendwelche Tricks zu versuchen.« Ihr Umhang wallte in einer fließenden Bewegung über den Boden, als sie sich umdrehte und bedächtig auf Mailin zuschritt. »Und nun zu dir, Beria s'roch«, sagte sie verächtlich. »Ich habe die Wut in deinen Augen gesehen, als ich fortritt. Die Wut und den glühenden Eifer, dich befreien zu wollen. Doch es hat dir nichts genützt.« Sie grinste siegesgewiss und tippte mit dem Finger auf eines der Seile, die Mailins Körper umspannten. Dann breitete sie die Arme aus und verkündete: »Die magischen Knoten lösen sich nur, wenn ICH es ihnen befehle. Sie sind Teil einer Magie, die um ein Vielfaches mächtiger ist als die kindischen Spielereien, die die Elfenpriesterinnen bisher beherrschten. Einer Magie, die so gewaltig ist, dass ich eines Tages das ganze Elfenreich beherrschen werde. ICH werde herrschen, und niemand, weder du noch diese närrische Priesterin, werden mich daran hindern können.« Während sie

sprach, war ihre Stimme immer lauter und dröhnender geworden. Gleichzeitig lebte ein unnatürlicher Wind in der Hütte auf, der keinen Ursprung zu haben schien und die letzten Worte der Mondpriesterin wie ein Sturm durch die Hütte fegte. Lavendra verstummte, doch der Sturm tobte weiter. Er zerrte an ihrem Umhang und an den Kräuterbündeln, die unter der Decke hingen, riss Krüge und Körbe von den Regalen und wirbelte lose Pergamente wie Blätter durch die Luft. Töpfe und Tiegel schwirrten wie Geschosse umher, es regnete getrocknete Pilze und Dörrobst, und inmitten des Chaos stand Lavendra und lachte triumphierend.

Julia hatte panische Angst. Immer wieder versuchte sie durch ungeschickte Manöver den herumschwirrenden Gegenständen auszuweichen, die es ausnahmslos auf ihren Kopf abgesehen zu haben schienen. Wie durch ein Wunder schaffte sie es, ihnen zu entgehen, musste aber dennoch einige schmerzhafte Treffer am ganzen Körper einstecken. Hoffentlich fliegt nichts gegen meinen Arm, dachte sie verzagt, doch nur wenig später prallte ein Holzbrett, das trudelnd durch die Luft gesegelt kam, mit der flachen Seite direkt auf die Bruchstelle.

Der Schmerz, den der Aufschlag verursachte, war mehr, als Julia ertragen konnte. Eine heftige Welle von Übelkeit flutete durch ihren Körper und sie stieß einen gellenden Schrei aus. Vor ihren Augen tanzten unzählige winzige, blutrote Punkte. Das Letzte, was sie sah, bevor ihr Bewusstsein von einer riesigen schwarze Wolke verschluckt wurde, waren Mailins freie Hände und ein Bündel von Seilen, das von dem Körper ihrer Freundin zu Boden glitt.

»Ich bin so weit.« Zwei Stufen auf einmal nehmend kam Svea die Treppe herunter. Im Vorbeigehen griff sie nach ihrem Fahrradhelm, der auf der Garderobe lag, und schnappte sich ihre Turnschuhe. Feiner Sand rieselte aus den Profilsohlen und Svea beschloss, sie besser erst draußen anzuziehen. Den Helm lose auf dem Kopf und die Schuhe in der Hand ging sie zur Haustür, wo ihr Vater bereits mit den Fahrrädern und Filko an der Leine wartete.
»Das hat aber lange gedauert«, sagte er und runzelte in gespielter Verärgerung die Stirn.
»Ich konnte meinen Lieblingspulli nicht finden«, erwiderte Svea, während sie die Turnschuhe anzog. »Ich trag doch seit Wochen nur T-Shirts. Da ist er ganz nach hinten in den Schrank gerutscht.«
»Hast du denn jetzt alles?«, erkundigte sich ihr Vater.
»Na klar.« Svea lachte. »Jeans, Pulli mit langen Ärmeln, Turnschuhe, Helm. Alles da.«
»Und was ist mit diesen furchtbar wichtigen Unterlagen, die du Julia bringen wolltest?«

»Oh Mist!« Svea schlug sich an die Stirn. »Die liegen auf meinem Bett.«
»Na, jetzt aber Tempo«, drängte ihr Vater. »Sonst wird es bald Mitternacht, bis wir loskommen.«
»In zwei Minuten bin ich wieder hier.« Sie lief zurück ins Haus und stürmte, eine Spur aus hellem Sand hinterlassend, durch den Flur und die Treppe hinauf in ihr Zimmer. Dort schnappte sie sich die Zettel und rannte, ohne auf den knirschenden Schmutz unter den Füßen zu achten, zurück zur Haustür.
»Schon wieder da«, verkündete sie strahlend und fuchtelte ihrem Vater mit dem Papier vor der Nase herum. Dann rollte sie es auf und umwickelte es mit einem Gummiband, bevor sie es auf ihren Gepäckträger klemmte. »Wir können losfahren«, sagte sie und schwang sich aufs Rad.
Ihr Vater stieß einen leisen Pfiff aus und rief: »Komm, Filko!« Der Schäferhund bellte und trabte voller Vorfreude auf den bevorstehenden Ausflug neben dem Fahrrad her. »Wir fahren hin und zurück durch den Forst!«, hörte Svea ihren Vater rufen und sah, wie er hinter dem Gartentor verschwand.
Fluchend hantierte sie an ihrem Dynamo herum. Warum musste das Ding ausgerechnet jetzt klemmen? Ohne Licht konnte sie doch nicht durch den stockfinsteren Forst fahren.
Drinnen im Haus klappte eine Tür.
»Oh nein, wer ist denn hier mit seinen dreckigen Schuhen durchgelaufen?«, hörte sie ihre Mutter aus-

rufen. Vermutlich war sie gerade aus dem Keller gekommen und in die Sandspur hineingetreten.
Plötzlich war Svea der klemmende Dynamo ziemlich egal. Sie musste ganz schnell verschwinden, sonst würde ihre Mutter ihr garantiert gleich einen Staubsauger in die Hand drücken. Bei solch fahrlässigen Verunreinigungen, wie sie es nannte, kannte sie kein Pardon. Die Radtour würde sich Svea dann abschminken können. Eilig saß sie auf und trat kräftig in die Pedale, um ihren Vater einzuholen. Keinen Augenblick zu früh. Gerade als sie hinter der Hecke verschwand, wurde die Haustür geöffnet und ein ärgerliches »Svea?« tönte durch den Garten.

In letzter Minute

Julias Aufschrei brachte Lavendra dazu, die kleine Demonstration ihrer Macht abzubrechen und ihre Aufmerksamkeit wieder den Mädchen zuzuwenden. Die Mondpriesterin ließ die Arme sinken und der tosende Sturm, den sie in der Hütte entfesselt hatte, erstarb. Zurück blieb ein heilloses Durcheinander von Kräutern, Körben, Pergamenten, Geschirr- und Tonscherben, die in der ganzen Hütte verstreut waren. Die Luft war erfüllt von Staub und zwei der drei Öllampen waren erloschen.
Mit raschen Schritten eilte Lavendra über die herumliegenden Trümmer und Gegenstände hinweg zu Julia, die schon fast die Besinnung verloren hatte, und wandte Mailin dabei den Rücken zu.
Das Elfenmädchen erkannte die Chance und zögerte nicht länger. Entschlossen setzte sie das Messer zu einem letzten entscheidenden Schnitt an. Sie wusste, dass ihr nicht viel Zeit blieb. Lavendra würde das Geräusch der herunterfallende Seile sofort hören. Durch einen kurzen Seitenblick vergewisserte sich Mailin, dass Lavendra sie nicht beachtete, und zerteilte das letzte Seil mit einem kräftigen Schnitt.
Was dann geschah, nahm Mailin wie in Zeitlupe wahr. Die Zeit schien sich zu dehnen und Sekunden

wurden zu Minuten. Alle Bewegungen erschienen ihr plötzlich unendlich langsam und Töne drangen verzerrt an ihre Ohren. Sie hörte die nutzlos gewordenen Fesseln verräterisch auf dem Boden aufschlagen und sah, wie Lavendra herumwirbelte und sie wutentbrannt anstarrte. Die Mondpriesterin stieß einen Fluch aus, doch Mailin achtete nicht auf sie. Ihre Aufmerksamkeit galt allein dem Inhalt des kleinen Beutels, der sich noch immer in ihrer Hosentasche befand – dem Amnesiapulver.

Sie hatte keine Ahnung, wie das Pulver auf Elfen wirkte. Alles, was sie wusste war, dass Menschen, die damit in Berührung kamen, ohnmächtig wurden und sich danach an gewisse Dinge nicht mehr erinnern konnten.

»Das wirst du noch bereuen, Stallmädchen.« Die Augen der Mondpriesterin funkelten unheilvoll und ihr Gesicht verzog sich zu einer hässlichen, wutverzerrten Grimasse.

Mailins Finger ertasteten den Beutel in ihrer Hosentasche und sie versuchte ihn zu öffnen, während sie Lavendra aus großen Augen furchtsam entgegenstarrte. Dieser Blick war zumindest teilweise Schauspielerei. Natürlich fürchtete sich Mailin vor dem, was die zornige Mondpriesterin ihr antun konnte, gleichzeitig klammerte sie sich jedoch verzweifelt an die Hoffnung, dass ihr kühner Plan gelingen würde. Dazu musste sie Lavendra aber zunächst glauben machen, dass sie hilflos und verängstigt war, denn nur so würde sie nahe genug herankommen, damit Mailin ihr das Pulver ins Gesicht blasen konnte. Mailin wusste, dass sie nur einen einzigen Versuch hatte. Wenn sie es vermasselte, war alles verloren.

»Ne barad de s'nehm!«, hörte sie Lavendra erbost ausrufen und sah, wie die Priesterin erneut die Arme hob, um einen Zauber zu wirken.

Mailin holte tief Luft. In der Hosentasche befand sich ein Teil des Amnesiapulvers jetzt in ihrer geballten Faust, doch der richtige Augenblick ließ noch immer auf sich warten.

Drei Schritte. Nur noch drei Schritte, betete sie in Gedanken, aber Lavendra machte keine Anstalten näher zu kommen.

»Saran e'sedu ...« Die Mondpriesterin warf den Kopf in den Nacken und reckte die Hände gebieterisch in die Höhe. In ihren Augen blitzte es gefährlich und Mailin ahnte, dass sie sich diesmal nicht mit einem Zimmersturm zufrieden geben würde, um ihre Macht zu demonstrieren.

»... ene debaru a'sen ...« Den Blick nach oben gerichtet machte Lavendra einen weiteren Schritt auf Mailin zu. Schlagartig wurde die Luft so dick, dass das Elfenmädchen kaum noch atmen konnte. Der Zauber, den Lavendra wob, griff mit unwiderstehlichen Fingern nach ihr und machte es ihr fast unmöglich, sich zu bewegen. In höchster Konzentration schloss sie die Augen. Gleichzeitig kämpfte sie beharrlich gegen die winzigen energiegeladenen Blitze des Zaubers an, die sich überall auf ihrer Haut entluden und ihre Muskeln lähmten, während sie mit klopfendem Herzen darauf wartete, dass Lavendra noch etwas näher kam.

»Neda ede simaril ... Ah! Oh!« Ein lautes Scheppern, gefolgt von einem dumpfen Aufprall, durchbrach den Bann, der Mailin umfangen wollte. Schlagartig waren die Blitze verschwunden, die Luft klar und die Muskeln gehorchten ihr wieder. Mailin atmete tief ein und sah sich verwundert um.

Lavendra ist fort, dachte sie erstaunt, doch gleich darauf erkannte sie ihren Irrtum. Vor ihr auf dem Boden bewegte sich fluchend ein großes, mit dunkelblauem Stoff bedecktes Etwas – Lavendra.

Offenbar hatte sie sich in ihrer Wut so auf den Zauber konzentriert, dass sie nicht auf den Tonkrug am Boden geachtet hatte. Dieser musste sie zu Fall gebracht haben, und das hatte den Bann gebrochen.

Lavendra schien sich nicht verletzt zu haben. Schon schob sie ihre schlanke Hand unter dem blauen Stoff hervor und tastete nach der weiten Kapuze, die ihr ins Gesicht gerutscht war. Die Hand ergriff den Saum der Kapuze, doch diesmal war Mailin schneller. In einer katzengleichen Bewegung sprang sie vor und riss der verdutzten Elfenpriesterin mit der linken Hand die Kapuze vom Kopf, während sie mit der rechten das Amnesiapulver aus der Tasche holte.

Für den Bruchteil einer Sekunde genoss sie den Anblick der verwirrt dreinschauenden Lavendra, dann blies sie ihr mit den Worten »Mae govannen« eine kräftige Portion des magischen Pulvers ins Gesicht. Lavendras Gesichtsausdruck wechselte von Unglaube zu Entsetzen, als sie erkannte, mit welcher Waffe sie angegriffen wurde, doch für einen Gegenzauber war es längst zu spät.

»Du elende Verräterin! Ich ...« Lavendra hustete. Sie versuchte sich aufzurichten, doch die Müdigkeit ergriff bereits Besitz von ihr und das Amnesiapulver tat seine Wirkung. Ihr Blick wurde trüb und die Augenlider flatterten. Dann versagten ihre Muskeln den Dienst und sie sackte mit einem Seufzer zu Boden. Mailin fing sie auf und bettete ihren Kopf auf ein Kissen, das der magische Sturm hergeweht hatte. Dann erhob sie sich und eilte zu Julia, die gerade wieder zu sich kam.

»Wie geht es dir?«, fragte sie und machte sich daran, auch die Fesseln ihrer Freundin mit dem Kräutermesser zu durchtrennen.

»Mein Arm«, stöhnte Julia benommen. »Irgendetwas ist dagegen... Mailin?« Sie starrte das Elfenmädchen an, als sehe sie einen Geist vor sich. Plötzlich war sie hellwach. »Mailin, wie bist du ...? Was hast du ...? Wo ist Lavendra?«

»Die schläft«, erwiderte Mailin so gelassen, als sei es völlig normal, dass man sich in einer solch heiklen Situation mal eben zum Schlafen hinlegte.

»Sie schläft?«, fragte Julia ungläubig. »Aber wie ...?«

»Das erkläre ich dir später«, sagte Mailin, während

sie verbissen an den Seilen herumsäbelte. »Ich muss mich beeilen. Die Wachen können jeden Augenblick hier auftauchen und Enid muss ich auch noch befreien. So, fertig!« Mit einem Ruck lösten sich Julias Fesseln und glitten zu Boden.
»Danke!«, sagte Julia erleichtert. »Kann ich mich irgendwo hinsetzen? Mir ist schlecht und ich hab ziemlich weiche Knie.«
»Klar, dahinten in den Korbstuhl.« Mailin ergriff Julias Hand und führte sie vorsichtig über das Durcheinander am Boden hinweg zu dem geflochtenen Stuhl, in dem Enid für gewöhnlich saß.
»So ist es besser.« Aufatmend ließ sich Julia in den Stuhl sinken. »Wie lange wird sie schlafen?«, fragte sie und deutete auf Lavendra.
»Keine Ahnung. Ich hoffe, lange genug.« Mailin wandte sich um und eilte zu dem Pfeiler, an den Enid gefesselt war. Mit etwas kaltem Wasser, das sie in einem Krug fand, versuchte sie zunächst, die Elfenpriesterin zu wecken, doch es gelang ihr nicht.
Julia beobachtete Mailins vergebliche Bemühungen voller Sorge. »Ist sie ...? Kannst du ihr ...? Lebt sie noch?«
»Keine Angst, es geht ihr gut«, erwiderte Mailin und fügte hinzu: »Na ja, den Umständen entsprechend gut. Sie ist in eine Art Trance gefallen, aber ich bin sicher, sie wird von allein erwachen, wenn ... Barad!« Erschrocken wandte Mailin den Kopf zum Fenster.
»Die Wachen kommen«, flüsterte sie. Mit raschen,

kräftigen Schnitten durchtrennte sie Enids Fesseln, doch ihr blieb nicht genug Zeit, die Elfenpriesterin zu einem Stuhl zu bringen, denn vor der Hütte war erneut Hufschlag zu hören.

»Mailin, was sollen wir jetzt tun?« Julias Stimme bebte vor Angst.

»Das weiß ich auch nicht.« Eilig versuchte Mailin, Enid in eine halbwegs bequeme Lage zu bringen, dann sprang sie auf und eilte zur Tür.

»Mailin ...?« Julia wollte etwas fragen, doch das Elfenmädchen schüttelte nur den Kopf und legte mahnend den Finger auf die Lippen.

»Wünsch mir Glück«, flüsterte sie und verstummte, denn vor der Tür waren schwere Schritte zu hören.

»Scheint niemand zu Hause zu sein.« Sveas Vater deutete auf die dunklen Fenster von Julias Elternhaus. Er reckte sich und schaute über ein paar niedrige Büsche hinweg in Richtung der Terrasse. »Und im Garten ist auch niemand.«

»Vielleicht sind sie irgendwo eingeladen.« Svea bemühte sich um einen lockeren Tonfall, der nichts von der Unruhe verriet, die sie beim Anblick des verlassenen Hauses erfasste. Julia hatte am Nachmittag nichts von einer Einladung gesagt, im Gegenteil. Svea konnte sich daran erinnern, dass sie erwähnt hatte, sich zu Hause einen »gemütlichen Abend mit Chips und Cola« machen zu wollen.

Dass zu dieser fortgeschrittenen Stunde niemand im Haus war, konnte nur bedeuten, dass etwas sehr Wichtiges vorgefallen war – etwas sehr Wichtiges oder etwas sehr Unerfreuliches. Svea schüttelte niedergeschlagen den Kopf. In Gedanken sah sie ihre schlimmsten Befürchtungen bereits bestätigt. Julia hatte sich bei dem Sturz also doch schwerer verletzt, als sie am Nachmittag zugeben wollte. Vielleicht war der Bruch sogar so kompliziert, dass sie über Nacht im Krankenhaus bleiben oder schlimmer noch: operiert werden musste.

»Wolltest du deiner Freundin nicht etwas in den Briefkasten stecken?«, hörte sie ihren Vater fragen.
»Ach ja.« Missmutig stieg Svea vom Rad, stapfte die düstere Auffahrt hinauf und schob die Zettel in den Briefschlitz an der Haustür.
»Nanu, was ist denn plötzlich mit dir los?«, wunderte sich ihr Vater. »Du hast doch gesagt, es reicht, wenn sie den Papierkram morgen findet.«
»Das stimmt schon, aber ...« Svea stieg wieder auf das Rad und blickte ihren Vater bedrückt an. »Ach, ich möchte jetzt nicht darüber sprechen«, sagte sie schließlich und fuhr los.

Angespannt presste sich Mailin an die Regale neben der schmalen Eingangstür.
Ihre rechte Hand umklammerte das restliche Amnesiapulver so fest, dass sich die Fingernägel in die Haut drückten. Sie ärgerte sich, dass sie nicht sparsamer mit dem magischen Pulver umgegangen war. Sie hatte nur noch ein kleines Häufchen davon.
Draußen vor der Tür waren die Stimmen der Wachen jetzt deutlich zu hören. Mailin hielt den Atem an, während sie lauschte.
In der Hoffnung, dass er ihr zumindest etwas Deckung bot, zog sie sich mit der Linken den dunklen,

grob gewebten Vorhang vor den Körper, der an einer Schiene über der Tür befestigt war. Der Stoff war dick und staubig und diente vermutlich dazu, die nächtliche Kälte aus der Hütte fern zu halten, die mühelos durch die Ritzen und Spalten in der windschiefen Tür drang. Der Staub kitzelte Mailin in der Nase, doch ihr blieb keine Zeit etwas dagegen zu unternehmen, denn schon ging die Tür auf.

»Ehrwürdige Mondpriesterin?«, fragte ein Wachtposten leise durch den Türspalt. Seine Stimme war sehr tief und klang, als sei der Mann schon älter. Offenbar waren sich die beiden Männer nicht sicher, ob sie die Hütte ohne Erlaubnis betreten durften. Als sie keine Antwort erhielten, wechselten sie ein paar leise Worte miteinander und versuchten es noch einmal.

»Ehrwürdige Mondpriesterin, seid Ihr hier?«, fragte er nun etwas lauter. Doch aus dem Innern der Hütte erklang auch diesmal keine Antwort.

»Da ist niemand«, hörte Mailin den zweiten Wachtposten sagen. Seine Stimme war sehr viel heller und deutete darauf hin, dass er um einiges jünger war als sein Kamerad.

»Aber ihr Pferd steht draußen. Außerdem hat sie gesagt, wir sollen mit den beiden Pferden unverzüglich zu dieser Hütte kommen«, beharrte der Erste. »Es schien ihr furchtbar wichtig und eilig zu sein.«

»Aber hier ist niemand. Weder die Mondpriesterin noch die Verbannte.«

»Und was machen wir jetzt?«

»Das Beste wird sein, wenn wir bei den Pferden warten, bis die ehrwürdige Lavendra zurückkommt. Weit kann sie nicht sein. Ich bin froh, wenn ich diese Hütte nicht betreten muss.« Die Stimme des Wachtpostens wurde leiser und Mailin sah, wie sich die Tür langsam wieder schloss.

Das Elfenmädchen ließ den Vorhang los und atmete erleichtert auf. Der Staub aus dem alten Stoff hatte sie so heftig in der Nase gekitzelt, dass sie einen Nieser nur mit größter Mühe unterdrücken konnte.

Jetzt durfte sie endlich ... Oh nein! Wieder fühlte sie das lästige Kribbeln in der Nase und hielt den Atem an. Tränen stiegen ihr in die Augen, während sie versuchte den Niesreflex mit aller Macht zu unterdrücken. Vergeblich, diesmal war der Reiz zu stark.

»Haaaaatschi!«

»Warte!« Der Wachtposten, der die Tür schließen wollte, hielt abrupt inne. »Da ist doch jemand!«, rief er und öffnete die Tür bis zum Anschlag. Der Mond war wieder hinter den Wolken hervorgekommen und ein schmaler silberner Lichtstreifen fiel durch den Eingang in die Hütte. Dahinter war es trotzdem stockdunkel und der Elf schien noch immer nicht gewillt, die Hütte zu betreten. »Im Namen des Königs, komm heraus und zeige dich!«, rief er in die Dunkelheit hinein.

»Haaaaatschi!« Der zweite Nieser war so heftig, dass Mailin sich ungewollt nach vorn beugte und gegen die Tür stieß.

Der Wachtposten zögerte nicht länger. Entschlossen machte er einen Schritt in die Hütte hinein und spähte hinter die Tür. Mit festem Griff packte er Mailin am Arm und zerrte sie nach draußen.

Überlistet

»Nanu, wen haben wir denn da?«, fragte er erstaunt und zog Mailin vor sich ins Mondlicht. »Die Verbannte bist du jedenfalls nicht«, stellte er fest und schob eine Hand unter Mailins Kinn, um ihr ins Gesicht zu sehen.

»Haaatschi!« Der Nieser löste Mailins Kopf aus dem Griff des Wächters, doch er packte sie erneut und zwang sie ihn anzusehen, während er seinen Kameraden heranwinkte. »Kennst du dieses Mädchen?«

»Sie ist eine der königlichen Pferdehüterinnen«, hörte Mailin den zweiten Wachtposten sagen.

»Bei den Göttern, was machst du hier?«, fragte er zornig. »Weißt du nicht, dass es verboten ist, den Schweigewald zu betreten?«

»Ich ..., ich habe ..., ich wollte ... Ich bin hier mit Lavendra verabredet«, stammelte Mailin und deutete, einer plötzlichen Eingebung folgend, auf Gohin, der noch immer neben der Hütte angebunden war. »Die Mondpriesterin trug mir auf, ähm, in der Hütte zu warten, bis sie kommt.« Während sie sprach, ver-

suchte Mailin unauffällig die Hand mit dem Amnesiapulver freizubekommen.
»Soso, verabredet. Und wo ist die Mondpriesterin jetzt?«, wollte der Wachtposten wissen.
»Das weiß ich nicht. Ihr Pferd ist hier, aber ich habe Lavendra noch nicht gesehen. Vielleicht ist sie weggegangen, um die Verbannte zu suchen«, erwiderte Mailin, eine Spur zu schnell.
»Hm.« Der Elf schien Mailin nicht recht zu glauben. »Und wozu sollten wir zwei Pferde hierher bringen?«
»Keine Ahnung.« Mailin zuckte mit den Schultern und setzte ein unschuldiges Lächeln auf.
Sie durfte sich auf keinen Fall anmerken lassen, wie nervös sie war. Vor allem aber musste sie sich ganz schnell überlegen, wie sie die Wachtposten wieder los wurde, denn das Amnesiapulver war in ihren verschwitzten Händen verklumpt und nicht mehr zu gebrauchen.
Unauffällig öffnete sie die Hand, sodass das verklebte Pulver hinter ihrem Rücken zu Boden fiel – und plötzlich hatte sie eine Idee. »Wenn Ihr mich loslasst, werde ich Euch etwas verraten«, sagte sie verschwörerisch und betete im Stillen darum, dass sich Julia in der Hütte ganz ruhig verhielt und Lavendra noch eine Weile weiterschlief.
»So, was denn?«Der Wachtposten legte die Stirn in Falten und sah Mailin misstrauisch an.
»Etwas, das Euch bestimmt eine Menge Ärger ersparen wird.« Mailin lächelte spitzbübisch.

»Na gut, aber mach keine Dummheiten«, warnte er und gab Mailin frei. »Also, wir hören.«
»Es ist ein Test«, erklärte Mailin wichtig.
»Ein Test?«, fragten beide Wächter wie aus einem Mund.
»Richtig. Genau genommen sind es sogar zwei Tests. Lavendra will herausfinden, ob der Schweigewald nach all den Jahren noch ausreichend bewacht wird. Ich sollte deshalb versuchen, unbemerkt in den Wald zu gelangen«, sie grinste schadenfroh, »während Lavendra gleichzeitig prüfen wollte, ob es möglich ist, Euch unter einem Vorwand von Eurem Posten fortzulocken.«
»Barad!« Die Wachen sahen sich betreten an.
»Und wie es aussieht, habt Ihr bei beiden Prüfungen versagt.« Als Mailin sah, wie tief ihre Worte die Wachen trafen, machte ihr Herz vor Freude einen Sprung und sie beschloss, die Geschichte noch ein wenig auszuführen. »Ich fürchte, Lavendra wird nicht gerade begeistert sein, wenn sie Euch hier vorfindet«, sagte sie mitleidig und schüttelte betrübt den Kopf. »Ich mag gar nicht daran denken, was mit Euch geschieht, wenn sie feststellt, dass ich völlig unbehelligt in den Schweigewald gelangen konnte.« Die Wachtposten schwiegen bestürzt.
»Aber es wird schon nicht so schlimm werden«, fügte Mailin im Plauderton hinzu. »Der König ist ein gerechter Mann, der Euer Versagen nicht allzu hart bestrafen wird. Zwanzig Jahre auf ...«

»Zwanzig Jahre? Nein!« Das Gesicht des Wachtposten verlor alle Farbe.
»Warte, noch ist nichts verloren.« Die Miene des zweiten Wachtposten hellte sich auf. »Lavendra hat uns bis jetzt nicht gesehen. Wenn wir uns beeilen, können wir die Pferde zurückbringen und auf unsere Posten zurückkehren, ohne dass sie es bemerkt.«
»Richtig, so machen wir es.« Auch der andere Elf schöpfte nun wieder Hoffnung. Er wollte sofort die Pferde losbinden, aber sein Kamerad hielt ihn zurück. »Moment«, sagte er mit einem Seitenblick auf Mailin. »Die Pferde zurückzubringen ist das eine, aber was machen wir mit der Pferdehüterin?«
Etwas in seinem Tonfall ließ Mailin zusammenzucken. Die Wachen wollten sie doch nicht etwa gefangen nehmen und Lavendra erzählen, sie hätten sie beim Betreten des Schweigewaldes erwischt?
»Oh nein, das könnt Ihr nicht machen. Ist das etwa der Dank dafür, dass ich Euch gewarnt habe?«, fragte sie und wich einige Schritte zurück. »Wenn Ihr das tut, werde ich Lavendra die ganze Wahrheit erzählen. Dann werdet Ihr Euch nicht nur wegen der Vernachlässigung Eurer Aufgaben, sondern auch als Lügner vor Gericht verantworten müssen.«
»Dann stehen zwei Aussagen gegen eine«, trumpfte der ältere Elf auf und kam auf Mailin zu.
Diese wich noch einen Schritt zurück, reckte das Kinn vor und rief: »Darauf würde ich mich nicht verlassen! Lavendra ist eine mächtige Magierin und

besitzt sehr zuverlässige Methoden, die Wahrheit herauszufinden.«
»Das ..., das stimmt!«, wandte der zweite Wachtposten ein. »Davon habe ich auch schon gehört.« Er winkte seinem Kameraden, ihm zu den Pferden zu folgen. »Lass uns lieber verschwinden, bevor wir Ärger bekommen.«
»Ich werde Euch auch nicht verraten«, schwor Mailin. »Ehrenwort! Ich verlasse den Schweigewald und berichte Lavendra, dass ich keine Möglichkeit gefunden habe hineinzukommen.«
»Das würdest du machen?« Der Wachtposten, der Mailin aus der Hütte geholt hatte, klang noch immer nicht überzeugt. »Warum tust du das?«
»Ich habe meine Gründe«, erklärte Mailin mit geheimnisvoller Miene und fügte augenzwinkernd hinzu: »Vielleicht könnt Ihr Euch bei Gelegenheit einmal dafür revanchieren. Aber wir sollten jetzt schleunigst von hier verschwinden. Lavendra kann jeden Augenblick zurückkehren.« Mit diesen Worten lief sie zu Gohin, löste die Zügel und schwang sich auf seinen Rücken. »An Eurer Stelle würde ich mich beeilen!«, riet sie den beiden Wachtposten, die noch immer vor der Hütte standen und sich unschlüssig ansahen. Dann lenkte sie Gohin demonstrativ an den beiden vorbei und ließ ihn ein Stück in den Wald hineintraben. Als sie von der Hütte aus nicht mehr gesehen werden konnte, zügelte sie Gohin und lief zu Fuß ein Stück zurück, um zu sehen,

ob die Wachen ihrem Rat folgten. Und wirklich, die beiden saßen schon auf ihren Pferden und führten die reiterlosen Pferde eilig von der Hütte fort. Mailin atmete erleichtert auf. Jetzt musste sie nur noch warten, bis sich die Wachen weit genug entfernt hatten, dann konnte sie endlich zurückkehren und sich um Julia kümmern.

»Das hast du sehr klug gemacht.« Enids freundliche und warme Stimme begrüßte sie, noch bevor sie von Gohins Rücken steigen konnte. Mailin blickte auf und sah die Elfenpriesterin lächelnd im Eingang der Hütte stehen.
»Ihr ..., Ihr seid wach?«, fragte sie erstaunt. Sie hatte fest damit gerechnet, Enid bei ihrer Rückkehr noch schlafend vorzufinden. »Oh, ehrwürdige Enid«, sagte sie erleichtert. »Ich bin so froh, dass es Euch gut geht. Lavendra wollte ... Sie hat versucht ...« Mailin verstummte und sah die Elfenpriesterin hilflos an. Seit sie mit Julia aus der Menschenwelt zurückgekehrt und direkt in Lavendras Falle gelaufen war, war so viel geschehen, dass sie es gar nicht so schnell in Worte fassen konnte.
»Gemach, mein Kind«, sagte Enid. »Deine Freundin hat mich bereits über alles, was geschehen ist, informiert. Julia ist übrigens ein sehr nettes Menschenkind. Während du dich draußen um die Wachen gekümmert hast, hatten wir genügend Zeit, uns zu unterhalten.«

»Davon habe ich gar nichts mitbekommen. Wie konntet ihr euch unterhalten, ohne dass man es hier draußen gehört hat?«

»Nun, sagen wir ...«, Enid machte eine beschwörende Geste und lächelte viel sagend, »... ich habe uns in Schweigen gehüllt. Aber jetzt komm erst einmal herein, Julia ist bestimmt froh dich zu sehen.«

Mailin nickte und folgte der Elfenpriesterin in die Hütte. Drinnen herrschte das Chaos, das Lavendras Sturm hinterlassen hatte. Die Mondpriesterin lag noch immer besinnungslos am Boden, außerdem war sie jetzt gefesselt.

»Mailin!« Julia wollte aufspringen, um ihre Freundin zu begrüßen, doch ein mahnender Blick von Enid hielt sie zurück. »Gott sei Dank, dir ist nichts geschehen. Ich fürchtete schon, die Wachen würden ...«

»Mailin hat die Wachen davon überzeugen können, dass es besser ist, wenn sie auf ihren Posten zurückkehren, nicht wahr?« Das war eine Feststellung, keine Frage, und Mailin nickte. »Ich bin sicher, dass sie nicht wiederkommen werden«, ergänzte sie.

»Wie hast du das gemacht?«, wollte Julia wissen.

Mailin setzte zu einer Antwort an, doch Enid kam ihr zuvor. »Das könnt ihr ein anderes Mal besprechen«, sagte sie ernst. »Es gibt jetzt Dinge, die wichtiger sind. Julias Arm muss schnellstens behandelt werden, damit sie in ihre Heimat zurückkehren kann. Und wir müssen uns überlegen, was mit Lavendra geschehen soll.«

»Wie lange wird die Wirkung des Amnesiapulvers anhalten?«, fragte Mailin mit einem prüfenden Seitenblick auf die Mondpriesterin.
»Oh, bei der Menge, die du ihr verabreicht hast, noch eine ganze Weile. Vermutlich wird sie sich danach an nichts, was hier geschehen ist, erinnern können. Das ist gut, denn es erspart uns viel Arbeit.«
»Das heißt, sie weiß nicht mehr, dass Julia hier war?« In Mailins Augen blitzte es hoffnungsvoll. »Und an das Tor zur Menschenwelt hat sie auch keine Erinnerungen?«
»Vermutlich nicht.« Enid nickte bedächtig. »Allerdings würde ich meine Hand jetzt nicht dafür ins Feuer legen. Gewissheit werden wir erst haben, wenn ich sie untersucht habe. Doch zunächst werde ich mich um deine Freundin kümmern.« Sie ging zu Julia und legte ihr die Hand sanft auf den gebrochenen Arm. »Hab keine Angst«, sagte sie. »Ich will sehen, wie ich dir helfen kann.« Sie lächelte anerkennend. »Du bist ein enormes Wagnis eingegangen. Das soll nicht vergebens gewesen sein.«
»Heißt das, Ihr könnt mir helfen?«, fragte Julia mit glänzenden Augen. »Der Arm ist gebrochen. So etwas dauert bei uns mindestens ...«
»Nun, die Arbeitsweise eurer Heiler unterscheidet sich meines Wissens nach erheblich von der unseren.« Enid legte ihre Hand sanft auf Julias Stirn, schloss die Augen und verstummte.
»Wird es ...«

»Schscht!«
»... weh tun?« Julia hauchte die letzten Worte hervor, weil sie fühlte, wie sehr sich die Elfenpriesterin konzentrierte.
Etwas geschah. Die Finger der ehrwürdigen Frau lagen warm und leicht wie eine Feder auf ihrer Stirn. Doch Julia spürte weit mehr als das. Ein wohliges Prickeln breitete sich von der Hand durch ihren ganzen Körper aus. Behutsam bahnte es sich seinen Weg bis in den entlegensten Winkel ihrer Glieder. Als es den verletzten Arm erreichte, verblasste der Schmerz und wurde zu einem dumpfen Pochen, das im Takt ihres Herzschlags durch den Arm pulsierte. Zunächst war es noch sehr heftig, denn Aufregung und die Angst, was geschehen würde, trieb Julias Pulsschlag in die Höhe, doch je länger das Prickeln andauerte, desto mehr entspannte sie sich. Ihr Atem ging gleichmäßiger und ihr Herzschlag wurde wieder ruhig. Eine angenehme Mattigkeit ergriff von ihr Besitz und plötzlich wünschte sie sich nichts sehnlicher, als sich von den Wogen des Schlafes davontragen zu lassen.
Im Halbschlaf spürte sie, wie Enid sie zu einem einfachen Lager führte und ihr bedeutete, sich dort niederzulegen.
Julia folgte der Aufforderung nur zu gern. Nie war ihr ein Bett verlockender erschienen. Es störte sie nicht im Geringsten, dass die strohgefüllte Matratze hart und der grob gewebte Stoff kratzig waren. Mit

einem erleichterten Seufzer legte sie sich nieder und schloss die Augen. Schon griff der Schlaf mit sanften Händen nach ihr und trug ihr Bewusstsein wie auf Wolken davon.

Heilung und Heimkehr

Das Erste, was Julia sah, als sie die Augen wieder öffnete, war Mailins strahlendes Gesicht.
»Hallo, Julia!«, sagte das Elfenmädchen. »Willkommen unter den Gesunden!«
Gesunden? Julias Gedanken waren noch so schlaftrunken, dass sie die Bedeutung des Wortes nicht sofort begriff. Dann spürte sie es: Ihr Arm tat nicht mehr weh! Vorsichtig hob sie ihn in die Höhe, aber der erwartete Schmerz blieb aus. Ungläubig starrte Julia den Arm an und bewegte ihn prüfend hin und her – nichts. Es fühlte sich an, als sei er niemals gebrochen gewesen.
»Wahnsinn!« Mit der unverletzten Hand tastete sie vorsichtig über die Knochen und Gelenke. Dann wandte sie sich an Mailin: »Wie habt ihr das gemacht?«
»Da musst du Enid schon selbst fragen«, sagte Mailin vergnügt. »Ich bin Pferdehüterin und keine Heilerin.« Auch sie war überglücklich, dass es Enid gelungen war, Julia zu heilen. Doch im Gegensatz zu ihrer

Freundin hatte das Werk, das Enid vollbracht hatte, für Mailin nichts Wundersames an sich.
Julia richtete sich auf dem harten Lager auf und sah zu Enid hinüber, die gerade dabei war, die Körbe in einem Regal neu zu ordnen. »Wie habt Ihr meinen Arm so schnell geheilt?«, frage sie die Elfenpriesterin. »Das ... ist doch Zauberei.«
»Zauberei.« Lächelnd stellte Enid die beiden Körbe, die sie in den Händen hielt, auf das hölzerne Brett und kam auf Julia zu. »Ihr Menschen geht mit diesen Wörtern sehr leichtfertig um«, sagte sie sanft. »Was ihr euch nicht erklären könnt, wird schnell als Magie oder Zauberei bezeichnet. Dabei steckt oft nichts weiter als die Kraft der Natur hinter diesen Dingen.«
»Aber ein gebrochener Arm heilt niemals so schnell«, behauptete Julia.
»In eurer Welt nicht, da hast du Recht.« Enid setzte sich auf den Rand des Bettes und reichte Julia einen tönernen Becher mit frischem Wasser. »Trink!«, sagte sie freundlich.
Erst jetzt spürte Julia, wie durstig sie war. Dankbar nahm sie den Becher entgegen und leerte ihn mit hastigen Schlucken.
»Wir Elfen benötigen keine Magie, um zu heilen«, fuhr Enid fort, nachdem Julia getrunken hatte. »Wir sind die Magie. Als reine Geschöpfe der Natur werden uns Kräfte zuteil, die ihr Menschen nie besessen habt und die ihr nicht erlernen könnt. Zwar ist es euren Heilern im Laufe der Jahrhunderte gelungen,

eigene Wege zu finden, um Krankheiten zu lindern oder gar den Tod abzuwenden, doch diese Wege sind lang und nicht mit unseren Methoden vergleichbar.«
»Und was sind das für Methoden?«, fragte Julia.
Enid schmunzelte. »Angesichts der für dich wundersamen Heilung kann ich die Frage gut verstehen«, antwortete sie bedächtig, »doch selbst wenn ich versuchen würde, es dir zu erklären, würdest du es nicht verstehen.«
»Bitte!«, bettelte Julia. »Ich kann einfach nicht glauben, dass so etwas möglich ist.«
»Also gut.« Enid seufzte wie eine Mutter, die ihrem quengelnden Kind nachgibt. »Ich werde versuchen, es dir in groben Zügen zu erklären. Ich habe den Arm geheilt, indem ich mit meinem Geist in deinen Körper eingetaucht bin. Dort habe ich die verletzte Stelle gesucht und, als ich sie fand, die zerstörten Bausteine der Knochen wieder zusammengefügt. Die Heilung ist im Grunde nicht anders, als wenn man den Kochen von selbst heilen lässt, wie es bei euch üblich ist. Es geht nur sehr viel schneller.«
Julia sah ihren Arm an, als könne sie immer noch nicht glauben, dass er wieder völlig gesund war. »Und ich brauche wirklich keinen Gips, muss mich nicht wochenlang schonen und darf gleich wieder reiten?«, erkundigte sie sich.
»So ist es.« Enid erhob sich. »Vor allem aber sollten wir deine Rückreise nicht länger hinauszögern«, sagte sie und trat ans Fenster. »Der Mond steht schon

sehr tief. Wir müssen uns beeilen, wenn wir das Tor noch in dieser Nacht wieder öffnen wollen.«

Erst jetzt bemerkte Julia, dass von dem Chaos, das Lavendras Sturm in der Hütte hinterlassen hatte, kaum noch etwas zu sehen war. Sie runzelte die Stirn und wollte gerade fragen, wer denn so schnell aufgeräumt habe, als ihr noch etwas auffiel. »Wo ist Lavendra?«, fragte sie verwundert.

»Fort.«

»Fort?«

»Ja. Während ich deinen Arm versorgte, hat Mailin sie und ihr Pferd an den Rand des Schweigewaldes gebracht«, erklärte Enid. »Dort schläft sie im Schutz eines Haselhains ihren Amnesiarausch aus.«

»Aber wird sie denn nicht wiederkommen, wenn sie erwacht?«, wollte Julia wissen.

»Wohl kaum.« Mailin grinste. »Wenn sie erwacht, wird sie sich nicht einmal mehr daran erinnern, warum sie in den Wald geritten ist. Das Amnesiapulver hatte schon die Erinnerungen an die Ereignisse im Schweigewald gelöscht, und für den Rest ...«, sie deutete mit einem Kopfnicken auf die Elfenpriesterin, »... hat Enid gesorgt.«

»Aber sie muss sich doch darüber wundern, dass sie mitten im Wald schläft«, wandte Julia ein.

»Keine Sorge, das wird sie nicht.« Enid lächelte viel sagend. »Ich habe ein paar logische Erinnerungen in ihren Gedanken hinterlassen – und ihr auch eine Beule auf die Stirn gezaubert, die sie daran erinnern

wird, dass sie sich an einem herunterhängenden Ast gestoßen hat und vom Pferd gefallen ist. Dabei habe ich sogar ...«, die Elfenpriesterin wandte sich um und richtete das Wort an Mailin, »... herausgefunden, wie Lavendra dir auf die Schliche gekommen ist, Mailin. Sie hat einen kleinen Vogel als Spion benutzt – aber keine Angst, daran wird sie sich jetzt auch nicht mehr erinnern können.« Enid lachte. »Ich fürchte, die Ärmste wird sich in den nächsten Tagen etwas verwirrt fühlen und mögliche Gedächtnislücken auf die Kopfverletzung zurückführen.«
»Na, dann werde ich wenigstens ein paar Tage Ruhe vor ihr haben«, meinte Mailin grimmig. »Dass sie mir nicht traut, habe ich schon lange gespürt, doch dass sie so weit geht und einen Spion auf mich ansetzt, damit hätte ich nicht gerechnet.«
»Lavendra ist schlau und hinterhältig«, sagte Enid. »Diesmal hatten wir Glück, doch in Zukunft müssen wir auf der Hut sein.« Sie straffte sich und sah Julia fragend an. »Nun, wie ist es? Bist du bereit, in deine Welt zurückzukehren?«
»Ja, klar.« Julia schwang die Beine über die Kante des Lagers und hüpfte vom Bett. »Von mir aus kann es losgehen«, sagte sie aufgeregt.
Nach den Ereignissen der vergangenen Stunden hatte sie nicht damit gerechnet, schon so bald wieder nach Hause zu kommen, und nun konnte sie es gar nicht erwarten, wieder den vertrauten Danauer Forst um sich zu haben.

Plötzlich fiel ihr ein, wie unhöflich ihr Verhalten auf die anderen wirken musste. Hatte sie sich überhaupt schon bei der Elfenpriesterin bedankt?
»Oh, verzeiht!« Sie räusperte sich und blickte beschämt zu Boden. »Ich habe Euch noch gar nicht dafür gedankt, dass Ihr meinen gebrochenen Arm so schnell geheilt habt. Das ist ... Ich weiß nicht, wie ... Also, ich bin so superglücklich, dass Worte allein nicht ausreichen, um Euch meine Dankbarkeit zu zeigen. Ich habe aber keine Ahnung, wie ...«
»Das ist schon in Ordnung«, meinte Enid. »Ich freue mich, dich so glücklich zu sehen. Das ist mir Dank genug. Außerdem hast du uns auch schon zweimal geholfen, ohne dass ich mich bei dir dafür erkenntlich zeigen konnte.« Sie zwinkerte Julia belustigt zu. »Ich würde sagen, jetzt sind wir quitt.«
»Aber es tut mit furchtbar Leid, dass Ihr durch mich solche Unannehmlichkeiten hattet.« Julia deutete auf den Boden, wo noch immer vereinzelte Tonscherben, zerstörte Reste von Kräuterbündeln und zerrissene Pergamente herumlagen.
»Das ist nicht deine Schuld.« Enid erhob sich und legte den Arm um Julias Schultern. »Niemand konnte ahnen, dass Lavendra Mailin beobachten würde.« Sie schien zu überlegen. Dann nickte sie und sagte: »Wenn sich jemand Vorwürfe machen muss, dann ich, denn ich hätte achtsamer sein müssen.« Sie blickte Julia an. »Genau genommen muss ich mich sogar bei dir entschuldigen. Es ist mir sehr unan-

genehm, dass du hier in so ungebührlicher Weise empfangen wurdest. Was für einen schlechten Eindruck musst du jetzt von uns Elfen haben.«
»Keine Sorge«, sagte Julia leichthin. »Ich nehme nur die guten Eindrücke mit nach Hause.« Sie hob den Arm und vollführte damit eine schlenkernde Bewegung. »Eurer und Mailins selbstloser Hilfe habe ich es zu verdanken, dass ich an dem Mounted-Games-Turnier teilnehmen kann. Das werde ich euch beiden niemals vergessen.«
Sie ergriff Enids Hand, sah der Elfenpriesterin fest in die Augen und sagte feierlich: »Danke für alles.« Dann trat sie zu Mailin, schloss sie in die Arme und drückte sie herzlich. »Du bist die beste Freundin, die man sich wünschen kann«, erklärte sie und kämpfte gegen das verräterische Kribbeln in der Nase an, mit dem sich bei ihr immer die Tränen ankündigten. »Ich ...« Sie schluckte, weil ihr die Stimme versagte. »Ich hoffe, es dauert nicht allzu lange, bis wir uns wieder sehen.«
»Das hoffe ich auch.« Mailin erwiderte die innige Umarmung und sagte dann: »Aber ein wenig können wir noch zusammen sein. Ich habe dich hierher gebracht und werde dich auch wieder nach Hause begleiten. Nur schade, dass ich dir nicht mehr von meiner Welt zeigen kann. Es würde dir hier sicher gefallen.«

Wenig später standen Mailin und Julia am Rande des kleinen Weihers, durch den Julia die Elfenwelt betreten hatte, und lauschten den melodischen Worten in der uralten Sprache der Elfen, mit denen Enid das Tor zu Menschenwelt erneut öffnete.

Fasziniert verfolgte Julia das mystische Schauspiel aus Nebel und winzigen Blitzen, das sich ihr über dem spiegelglatten, dunklen Wasser bot. Der Zauber, den Enid wob, hing fast greifbar über der Lichtung, und sie spürte ein angenehm prickelndes Gefühl auf der Haut, das nur von der Elfenmagie stammen konnte.

Plötzlich verdichtete sich die Luft und Julia keuchte erschrocken auf.

»Du brauchst keine Angst zu haben«, raunte Mailin ihr zu. »Das Tor wird sich gleich öffnen, dann ist die Luft wieder in Ordnung.« Sie bedeutete Julia bei Gohin zu warten, während sie zum Ufer hinunterging, um der Elfenpriesterin zu helfen.

Als die Nebel über dem Weiher zu kreisen begannen und jene bekannte Form annahmen, die Julia an den Andromedanebel aus ihrem Erdkundebuch erinnerte, wusste sie, dass es den beiden gelungen war, ein Tor zu öffnen, das sie nach Hause bringen würde.

»Es ist so weit.« Mailin kam mit schnellen Schritten vom Ufer herauf und griff nach Gohins Zügeln, die locker über dem Widerrist des Schimmels lagen. »Komm«, sagte sie zu Julia. »Ich bringe dich jetzt nach Hause.«
Julia folgte ihrer Freundin zum Ufer, doch in die Freude, wieder nach Hause zu kommen, mischte sich plötzlich ein starkes Gefühl von Wehmut. Ich bin in der Elfenwelt, schoss es ihr durch den Kopf. Ich bin dort, wo vor mir kaum ein Mensch gewesen ist, aber ich habe so wenig davon gesehen. Nur die Hütte und diesen stillen, unheimlichen Wald, der genauso dunkel und voller Schatten ist, wie die Wälder nachts bei uns. Immer wieder blickte sie sich um, in der Hoffnung, noch etwas Besonderes zu entdecken, etwas, das es in ihrer Welt nicht gab und das sie immer an den Besuch bei den Elfen erinnern würde. Doch sosehr sie auch suchte, in der Dunkelheit war nichts Außergewöhnliches zu sehen. Nichts – außer dem spiralförmigen Nebel über dem Wasser.
»Steig auf!« Mailin streckte ihr von Gohins Rücken aus helfend die Hand entgegen.
Julia griff zu und schwang sich hinter dem Elfenmädchen auf das Pferd.
»Ich wünsche dir alles Gute und viel Erfolg bei dem Turnier, das dir so am Herzen liegt«, sagte Enid leise und reichte Julia zum Abschied die Hand. »Mögen die Götter dir freundlich gesinnt sein.«
»Danke!« Julia erwiderte den Händedruck. Sie hatte

das Gefühl, noch etwas sagen zu müssen. Irgendetwas. Doch ihr fehlten die Worte.
»Danke für alles«, sagte sie deshalb noch einmal und schlang die Arme um Mailins Taille zum Zeichen, dass sie bereit war. Das Elfenmädchen schnalzte mit der Zunge und Gohin schritt ohne zu zögern auf den Spiralnebel zu.
Diesmal fürchtete sich Julia nicht so sehr wie beim ersten Mal, als sie den Kopf des Schimmels in dem schimmernden Strudel verschwinden sah. Sie spürte lediglich ein leichtes Kribbeln im Bauch und fühlte, wie sich ihr Herzschlag beschleunigte, als die wirbelnden Schwaden näher kamen.
»Ich gehe nur nach Hause. Mir geschieht nichts«, murmelte sie leise, um auch das letzte bisschen Unsicherheit zu vertreiben. Als auch Mailin in das Tor eintrat, schloss sie die Augen.
Jetzt! Julia biss die Zähne zusammen und hielt den Atem an. Doch die unheimliche Kälte und Stille, die sie hinter dem Tor erwartete, kam ihr diesmal schon fast vertraut vor.
Außerdem war sie überglücklich, dass ihr gebrochener Arm geheilt und das Abenteuer mit Lavendra so glimpflich ausgegangen war, und wollte an nichts anders denken als daran, endlich wieder nach Hause zu kommen.
Doch die Reise durch Kälte, Dunkelheit und Stille zog sich hin. Der Hinweg hat nicht so lange gedauert, überlegte Julia verzagt. Sie spürte Gohins

Bewegungen, aber der Hufschlag war ebenso wenig zu hören wie das Klirren des Geschirrs oder das Schnauben des Elfenpferdes. Vorsichtig öffnete sie die Augen, wünschte sich jedoch gleich, es nicht getan zu haben. Um sie herum war nichts als wirbelnder schwarzer Nebel. Die wogenden Gespinste waren so undurchdringlich, dass sie nicht einmal die Hand vor den Augen sehen konnte. Julia stieß einen erschrockenen Schrei aus, doch der Ton erstarb, sobald er ihren Mund verließ, und nicht einmal Mailin schien das Entsetzen ihrer Freundin zu spüren. Julia klammerte sich an dem Elfenmädchen fest. Sie konnte Mailin ebenso wenig wie Gohin sehen, aber sie spürte den Körper ihrer Freundin vor sich, und das tröstliche Gefühl nicht allein zu sein beruhigte sie ein wenig.

Trotzdem, je länger die Reise dauerte, desto mehr schwand ihre Zuversicht und das Angstgefühl wuchs. Was ist, wenn wir uns verirrt haben?, schoss es ihr durch den Kopf. Der Gedanke, für immer in dieser Dunkelheit gefangen zu sein, jagte ihr einen eisigen Schauer durch die Glieder. Sie wünschte sich, mit Mailin sprechen zu können, doch wie oft sie auch den Mund öffnete, um etwas zu sagen, es kam kein Laut über ihre Lippen. So konnte sie nur warten und hoffen, dass die Reise ein gutes Ende fand.

Ihre Geduld wurde auf eine harte Probe gestellt. Die Sekunden schienen sich endlos zu dehnen. Julia fror und hatte inzwischen entsetzliche Angst.

Plötzlich war es vorbei. Die Wärme des milden Spätsommerabends hüllte sie ein und der Geruch taufeuchter Blätter und Nadeln drang in ihre Nase.
»Wir sind da«, hörte sie Mailin sagen und spürte zu ihrem Erstaunen, dass auch das Elfenmädchen erleichtert aufatmete. »Tut mir Leid, dass es so lange gedauert hat«, entschuldigte sich Mailin. »Ich hab nicht daran gedacht dir zu sagen, dass die Reise durch die Zeit viel länger dauert, als wenn wir uns nur zwischen den Welten bewegen. Ich habe das schon einmal erfahren, als ich zu dir gekommen bin, aber du konntest es nicht wissen.« Sie sah ihre Freundin schuldbewusst an. »Hattest du Angst?«
»Es war auszuhalten«, log Julia, die krampfhaft versuchte das Beben in ihrer Stimme zu unterdrücken. Sie seufzte und genoss den Anblick der vertrauten Umgebung. Die Bäume, die Farne und die Brombeerbüsche, der Mond und die Sterne – alles sah genauso aus wie zu dem Zeitpunkt, als sie in die Elfenwelt gegangen waren. Aber war es wirklich der gleiche Moment?
»Wie spät es wohl ist?«, wandte sie sich schließlich an Mailin.
»So spät wie vorhin«, erklärte das Elfenmädchen. »Wenn Enids Zauber gelungen ist – und daran habe ich keinen Zweifel –, sind wir erst vor wenigen Augenblicken in das Tor gegangen.«
Julia strahlte. »Dann bin ich locker wieder zu Hause, bevor meine Eltern zurückkommen.«

»Na klar, so war es auch geplant.« Mailin sah ihre Freundin an. »Wie fühlst du dich?«
»Gut. Nun ja, mir ist noch ein wenig kalt und müde bin ich auch. Aber sieh mal«, sie bewegte den geheilten Arm lachend hin und her, »der fühlt sich an, als wäre er niemals gebrochen gewesen. Jetzt steht meiner Teilnahme an den Mounted Games nichts mehr im Weg.«

Ein Abschied und ein Wiedersehen

Sie ritten in leichtem Trab durch den nächtlichen Wald. Da Julia nicht mehr verletzt war, konnte sie sich mit beiden Händen an Mailin festhalten, und die Mädchen kamen viel schneller voran als auf dem Hinweg. Bald erreichten sie die angrenzenden Felder. Mailin lenkte Gohin auf den schmalen Trampelpfad, der im Schutz einer hohen Hecke aus dem Forst herausführte. In der Ferne erkannten sie die Lichter von Neu Horsterfelde.
»Es ist sicherer für dich, wenn ich vor den ersten Häusern absitze und die letzten Meter zu Fuß nach Hause gehe«, meinte Julia, als sie die Hälfte der Strecke zurückgelegt hatten. »Ich möchte nicht, dass dich jemand sieht.« Ihre Stimme klang bedrückt, denn in die Freude über das glückliche Ende des Abenteuers und den geheilten Arm mischte sich

Traurigkeit, dass sie sich nun wieder von ihrer Freundin verabschieden musste.
»Mach dir deswegen keine Sorgen«, sagte Mailin leichthin. »Ich begleite dich natürlich nach Hause. Gohin kann hier auf den Feldern warten und ich ...«
»Das ist sehr lieb von dir, aber es ist wirklich besser, wenn ich allein gehe.« Julia winkte ab. »Du siehst ja, wie viele Leute heute Abend noch im Freien sind.« Sie deutete auf die vielen erhellten Fenster, beleuchteten Terrassen und Lampiongirlanden in den Gärten. »Wer weiß, wem wir unterwegs alles begegnen. Außerdem bin ich jetzt gesund und komme gut allein zurecht.«
»Hm.« Mailin blickte nachdenklich auf die vielen Lichtpunkte des nächtlichen Neu Horsterfelde. »Bist du ganz sicher, dass du lieber allein gehen willst?«
Julia lächelte ihre Freundin dankbar an. »Du hast schon so viel auf dich genommen, um mir zu helfen, und ich möchte dich zum Abschluss nicht noch unnötig in Schwierigkeiten bringen.«
Plötzlich bellte ganz in der Nähe ein Hund.
»Oh nein, so ein Mist!« Julia reckte den Hals und deutete auf zwei helle Punkte, die hinter einer Biegung flackernd auf und ab hüpften und sich den Mädchen auf dem Trampelpfad näherten. »Da kommen Radfahrer«, erklärte sie erschrocken. »Und sie haben einen Hund dabei.«
Wie zur Antwort bellte der Hund erneut. Es klang aufgeregt und wütend, als führe man ihn an der

Leine und lasse ihn nicht das machen, was er gern wollte. Vermutlich hatte er Gohin gewittert und gebärdete sich deshalb so wild. Julia hörte, wie ein Mädchen erschrocken aufschrie, und vernahm die scharfe, befehlende Stimme eines Mannes. Kurz darauf verstummte das Gebell und die Radfahrer setzten ihren Weg fort.
»Was machen wir jetzt?«, fragte Mailin.
»Ich steige ab und gehe zu Fuß weiter«, meinte Julia und schwang sich von Gohins Rücken. »An dem Hund kommen wir nicht unbemerkt vorbei. Ich werde versuchen, die Radfahrer ein wenig aufzuhalten, damit du in den Wald zurückreiten kannst. Der Vorsprung dürfte ausreichen, um zum Tor zu gelangen.« Julia sprach hastig, denn die Radfahrer kamen immer näher. Nicht mehr lange und sie würden Gohins weißes Fell im Mondlicht schimmern sehen. »Beeil dich«, drängte sie ihre Freundin.
Mailin nickte und ließ Gohin wenden. Doch bevor sie in den Wald ritt, wandte sie sich noch einmal um. »Ich wünsche dir viel Glück, Julia, und ich hoffe, dass du auf dem Turnier erfolgreich sein wirst.«
»Danke.« Obwohl Julia wusste, dass ihr zum Verabschieden nicht mehr viel Zeit blieb, trat sie neben das Elfenpferd und ergriff Mailins Hand. »Danke für alles«, sagte sie mit belegter Stimme. »Du bist die beste Freundin, die ich mir vorstellen kann. Ich ..., ich wäre sehr glücklich, wenn wir uns irgendwann einmal wieder sehen würden.«

»Das wünsche ich mir auch, aber ob es dazu kommt, liegt nicht in unserer Hand«, erklärte Mailin traurig. »Die heilige Mutter Mongruad allein weiß, wie die Zukunft aussieht und ob das Schicksal ein Wiedersehen für uns bereithält.« Sie verstummte und blickte sich um. Die Stimmen der beiden Radfahrer und das Knirschen der Räder auf dem steinigen Boden waren schon sehr nahe gekommen. »Ich muss los«, sagte sie und drückte noch einmal Julias Hand, bevor sie nach den Zügeln griff. »Viel Glück, Julia!«, flüsterte sie und schnalzte leise mit der Zunge. Gohin trabte an und Mailin winkte Julia zum Abschied zu.
»Auf Wiedersehen«, murmelte Julia, die ebenfalls winkte. Dass sie sich so schnell verabschieden musste, gefiel ihr überhaupt nicht. Sie fühlte, wie sich ihre Augen mit Tränen füllten. Schon bald waren Mailin und Gohin nur noch als verschwommener heller Fleck vor dem dunklen Saum des Danauer Forsts zu erkennen, in dem sie schließlich verschwanden. Julia wischte ihre Tränen fort.
»Oh Mist!«, schimpfte sie und stampfte ärgerlich mit dem Fuß auf den Boden. In der Hoffnung, hinter den Bäumen vielleicht noch einen Blick auf das Elfenmädchen zu erhaschen, starrte sie weiter in Richtung Wald, während sie in den Taschen ihrer Jeans schniefend nach einem Taschentuch suchte.
Hinter ihr raschelte etwas und quietschende Bremsen zeigten an, dass die Radfahrer sie erreicht hatten. Julia, die mitten auf dem schmalen Weg stand, rühr-

te sich zunächst nicht, doch dann ertönte eine wohlbekannte Stimme und riss sie aus ihrer Erstarrung.
»Julia? Julia!«, rief Svea fassungslos. »Ich glaub es einfach nicht! Was um alles in der Welt machst du um diese Zeit allein im Wald?«
»Oh, hallo, Svea!«, sagte Julia trocken. Sie wusste natürlich, dass ihre Freundin nichts dafür konnte, dass sie sich so schnell von Mailin hatte verabschieden müssen. Trotzdem konnte sie ihren Ärger nicht ganz unterdrücken. Warum musste Svea ausgerechnet hier und jetzt mit Filko Gassi gehen? Der Danauer Forst war riesig, da gab es jede Menge Platz, wo er sein Abendhäufchen machen konnte. Aber nein, sie musste gerade hier auftauchen.
»Mensch, Julia, ich hab mir solche Sorgen um dich gemacht«, drang Sveas Stimme in Julias Gedanken. »Ich hab dauernd versucht dich anzurufen, aber bei euch ist keiner rangegangen. Da dachte ich, du bist vielleicht doch ernsthaft verletzt und im Krankenhaus. Man weiß ja nie, was ... Hey, sag mal, hast du etwa geweint?«
»Nein, mir ..., mir geht es gut.« Julia bewegte den geheilten Arm ein paarmal auf und ab, um die Worte zu unterstreichen. »Siehst du? Alles okay.«
»Wow!« Svea stieg vom Rad und trat neben Julia, um den Arm im schwachen Mondlicht besser sehen zu können. »Das ist ja irre«, sagte sie und betrachtete staunend den Arm ihrer Freundin. »Ich hätte mein Taschengeld darauf gewettet, dass er gebrochen ist.

Er sah nach dem Sturz richtig schlimm aus – aber jetzt ...« Vorsichtig berührte sie Julias Arm. »Tuts echt nicht mehr weh?«, fragte sie ungläubig.
»Kein bisschen.« Julia ballte die Faust und schlug auf ihren Arm. »Siehst du? Alles in Ordnung.«
»Unglaublich!« Svea war fassungslos. »Ist da nicht mal mehr ein blauer Fleck? Was hast du denn draufgeschmiert? Zauberbalsam?« Sie kicherte, denn sie konnte ja nicht wissen, wie nahe sie der Wahrheit damit war.
»So was in der Richtung«, erklärte Julia. »Meine Mutter hat so eine fernöstliche Superschnellheil-Ten-Gai-San-Salbe, oder wie auch immer die heißen mag, draufgetan. Damit waren die Schwellungen und Schmerzen in Nullkommanichts verschwunden.«
Svea schien ihr zu glauben. »Echt krass!«, staunte sie und meinte erleichtert: »Dann steht dem Turnier am Wochenende ja nichts mehr im Weg.«
»Wenn sich niemand mehr beim Training verletzt«, sagte Julia schnippisch. »Ich bin jedenfalls topfit.«
»Und ich bin ziemlich müde«, ertönte eine männliche Stimme aus dem Hintergrund. »Es wäre sehr freundlich von euch, wenn ihr euer Gespräch morgen bei Tageslicht fortführen könntet, damit die arbeitende Bevölkerung endlich ihre verdiente Nachtruhe bekommt.«
»Ach Paps, nun drängle doch nicht!«, rief Svea und drehte sich zu ihrem Vater um. »Ist es nicht toll, dass Julia wieder gesund ist?«

»Doch, natürlich. Aber entschuldige bitte, du hast mir bisher nicht einmal gesagt, dass sie krank war.«

»Oh, das hab ich wohl ganz vergessen.« Svea sah betreten zu Boden.

Ihr Vater stieg vom Rad und schob es zu den Mädchen, während Filko an der Leine neben ihm hertrottete. »Aber ob krank oder gesund, du solltest so spätabends nicht allein in den Wald gehen«, ermahnte er Julia in väterlichem Ton. »Das haben dir deine Eltern doch sicher nicht erlaubt.«

»Nee, die sind heute Abend zum Grillen eingeladen«, erwiderte Julia zerknirscht. »Aber Sie verraten mich doch nicht, oder? Es ist ein so schöner Sommerabend und ich wollte so gern noch mal rausgehen, da hab ich einfach ...«

»Ist schon gut«, meinte Sveas Vater und lächelte. »Neu Horsterfelde ist nicht gerade ein brandgefährlicher Ort, trotzdem – man weiß nie, was für dumme Zufälle passieren können, deshalb sollte man immer vorsichtig sein.« Er hob mahnend den Zeigefinger und fügte hinzu: »Und vor allem niemals allein im Dunkeln in den Wald gehen, junges Fräulein.«

»Ja, Herr Wachtmeister.« Julia nickte einsichtig.

Normalerweise würde sie nachts niemals allein in den Wald gehen, doch die wahren Umstände, die sie hierher geführt hatten, konnte sie nicht verraten.

»Na, dann wollen wir dich mal nach Hause begleiten.« Sveas Vater wendete sein Fahrrad. »Auf die paar Minuten mehr kommt es nun auch nicht mehr an.«

Er gähnte. »Komm, Svea«, sagte er und zog an Filkos Leine. »Dann kannst du Julia die wichtigen Zettel doch noch persönlich geben.«

»Was für wichtige Zettel?«, fragte Julia. Sie wollte noch etwas hinzufügen, doch ein Stoß von Svea traf sie in die Rippen und sie verstummte.

»Na die, die du unbedingt heute noch von mir haben wolltest«, erklärte ihre Freundin gedehnt und ein wenig zu laut. »Die Turnierregeln.«

»Ach so, die Turnierregeln.« Julia hatte zwar noch immer keine Ahnung, worum es ging, doch sie spielte mit. »Ich dachte schon, du hättest sie vergessen«, sagte sie, während sie neben Svea auf Neu Horsterfelde zustapfte. Dabei warf sie ein letztes Mal einen verstohlenen Blick über die Schulter, doch der Danauer Forst lag dunkel und still im Mondlicht, und ihre Hoffnung, Gohins weißes Fell noch einmal durch die Bäume schimmern zu sehen, erfüllte sich nicht.

Als der Himmel im Osten grau wurde, schlug Lavendra die Augen auf. Das Erste, was sie spürte, waren ein hämmernder Kopfschmerz und Schmerzen wie Nadelstiche zwischen den Augenbrauen. Dazu kam heftiger Schwindel und das Gefühl klammer Kälte, das sie frösteln ließ.
Stöhnend setzte sie sich auf und schlug die Hände vors Gesicht, doch die Kopfschmerzen machten es ihr schwer, klare Gedanken zu fassen.
Wo war sie? Was war geschehen? Wie kam sie auf diese Wiese? Und was bei den Göttern hatte sie dazu veranlasst, mitten in der Nacht ihr warmes, behagliches Bett zu verlassen? Diese und weitere Fragen wirbelten in ihrem Kopf herum.
»Barad!« Lavendra ließ die Hände sinken und blinzelte vorsichtig, die Augen zu Schlitzen verengt, in die Dämmerung hinaus. Unweit von ihr graste ein Elfenpferd vor der dunklen Silhouette des Schweigewaldes. Es war gesattelt und aufgezäumt, und obwohl sich Lavendra nicht daran erinnern konnte, es geritten zu haben, ahnte sie, dass sie auf ihm hierher gekommen war. Aber warum? Warum hatte sie sich mitten in der Nacht auf den Weg zum Schweigewald gemacht?

Oh heilige Mutter Mongruad, ich habe mein Gedächtnis verloren, schoss es Lavendra durch den Kopf. Zwar konnte sie sich hervorragend an alles erinnern, was bis zum Schlafengehen geschehen war, doch danach klaffte eine große dunkle Lücke in ihrer Erinnerung. Lavendra erschauerte. Wie konnte das sein? Nie zuvor hatte sie ein ähnliches Erlebnis gehabt. Sich nicht erinnern zu können war einfach grauenhaft.

»Vielleicht bin ich vom Pferd gefallen, ohnmächtig geworden und habe bei dem Sturz einen Teil der Erinnerung verloren«, überlegte sie laut und nickte zustimmend. Die Erklärung klang durchaus vernünftig. Auch die Kopfschmerzen und eine Prellung am Hinterkopf sprachen für ein solches Missgeschick. So musste es gewesen sein. Lavendra seufzte und presste die Hände an die Schläfen. Wenn dieses verfluchte Hämmern und Stechen nur endlich aufhören würde. Doch der Schmerz wurde sogar noch schlimmer, als plötzlich eine kleine Grauammer auf Lavendra zugeflogen kam und begann, sie mit lautem Gezeter zu umkreisen.

»Verschwinde!«, fauchte die Mondpriesterin den Vogel ungehalten an. Sie hatte das Gefühl, ihr Kopf würde unter den schrillen Tönen zerspringen, und schlug ärgerlich nach dem Störenfried. Dieser ließ sich jedoch nicht beirren und zog weiter piepsend und pfeifend seine Kreise.

Der Lärm und die Schmerzen waren mehr, als Lavendra ertragen konnte. Sie hielt sich die Ohren zu. Sie hatte keine Ahnung, was die Ammer so erregte, und verstand nicht, was der Vogel von ihr wollte. Sie wusste nur, dass sie höllische Qualen litt und dieser Vogel nicht ganz unschuldig daran war.

»Hau endlich ab!«, rief sie der Ammer zu, doch diese beachtete sie nicht. »Ruhe, verdammt noch mal!« Wieder schlug Lavendra nach dem Vogel und wieder griff sie ins Leere. »Na warte!«, zischte sie und hob die Hand zu einer magischen Beschwörung.

»Celadeon sin aniya!« Ein gleißender Blitz schoss aus ihren Fingerspitzen und traf die Ammer mitten im Flug. In Sekundenbruchteilen verwandelte sich der gefiederte Körper in einen kleinen Feuerball und der Geruch versengter Federn erfüllte die Luft. Das Gezeter verstummte und alles, was von der Ammer übrig blieb, waren ein paar glimmende Schwanzfedern, die, eine kleine Rauchfahne hinter sich herziehend, langsam zu Boden segelten.

»Du hast es so gewollt«, erklärte Lavendra mit einem verächtlichen Blick auf die kläglichen Überreste des Vogels. »Niemand erzürnt mich ungestraft.«

Sie erhob sich mit steifen Gliedern und ging zu dem Elfenpferd. Ihre Kleidung war feucht und kalt vom Morgentau, doch solange das rasende Kopfweh nicht nachließ, nahm sie die Kälte kaum wahr.

Lavendra war nicht nach Reiten zumute, doch sie biss die Zähne zusammen und schwang sich auf den Rücken des Schimmels. Es würde ein sehr unange-

nehmer Rückweg werden, aber sie musste schleunigst zum Mondtempel. Nur dort konnte sie versuchen, den Schmerz mit einer Kräutermischung zu betäuben und sich in neue Gewänder kleiden. Und nur dort standen ihr die nötigen Mittel zur Verfügung, mit deren Hilfe es ihr vielleicht gelingen konnte, die Lücke in ihren Erinnerungen zu schließen.
Tief in ihrem Innern wusste sie, dass sich am vergangenen Abend etwas sehr Wichtiges zugetragen hatte. Ohne triftigen Grund hätte sie sich niemals nachts auf den Weg zum Schweigewald gemacht, so viel war klar. Aber was steckte dahinter?
»Na los! Nun lauf schon!«, rief sie dem Pferd ungehalten zu und unterstrich die Worte mit Tritten. Der Schimmel schnaubte unwillig über die grobe Behandlung und schüttelte die Mähne, doch er trabte gehorsam an. Schließlich freute auch er sich auf die angenehme Wärme und den Hafer, die ihn nach dem langen Ausritt in seiner Box erwarteten.

Mounted Games

»Tätä, tätä ...« Das Trompetensignal, das aus den Lautsprechern ertönte, klang, als würde die Kavallerie gerade zum Angriff blasen.
Julia lief ein wohliger Schauer über den Rücken, der sie sogar die Druckstellen ihre nagelneuen Jodhpur-Stiefel, die sie sich extra für das Turnier gekauft hatte, vergessen ließ. Gemeinsam mit Svea, Carolin, Moni und fünf weiteren Mannschaften wartete sie unter heftigem Herzklopfen darauf, dass sich der Zugang zum Turnierplatz endlich öffnete und sie aufreiten konnten.
Die Mädchen und ihre Eltern hatten sich bereits um sechs Uhr mit Frau Deller, Katja und den anderen Teams auf der Danauer Mühle getroffen, um die Ponys und das Paddock zu verladen und die letzten Handgriffe zu erledigen.
Um acht Uhr waren sie dann auf Gut Schleen angekommen und hatten sich einen Platz zwischen den vielen Autos, Wohnmobilen, Pferdeanhängern und Paddocks gesucht, die sich dort seit dem Vortag eingefunden hatten.
Julia war sehr überrascht gewesen, wie viele Mannschaften an dem Mounted-Games-Turnier teilnehmen wollten, und hatte neugierig die Nummern-

schilder der Autos gelesen, die oft aus vielen hundert Kilometer entfernten Landkreisen stammten. Doch dann hatten der Aufbau des Paddocks und vor allem Spikey, der von dem Trubel ringsherum etwas nervös war, ihre ganze Aufmerksamkeit beansprucht und sie war nicht mehr dazu gekommen, sich weiter umzusehen.
Erst als sie ihre Ponys auf einer großen Koppel warmritten, hatte sie wieder Zeit gefunden einen Blick auf die anderen Teams zu werfen. Es war gut zu erkennen, welche Mädchen zusammengehörten, denn die Reiter einer Mannschaft trugen Sweatshirts in derselben Farbe.
Julias Mannschaft hatte sich für Dunkelblau entschieden, die zweite Gruppe der Danauer Mühle startete in Orange und die Älteren in Violett.
Darüber hinaus wimmelte es auf der Koppel nur so von farbigen Pullis und die vier Mannschaften der Zwissauer Mounties trugen sogar richtige Trikots in Rot und Weiß.
Auch der Turnierplatz war sehr farbenprächtig geschmückt. Ein rot-weißes Band begrenzte die rechteckige Arena und an den Masten in den vier Ecken flatterten vor dem Hintergrund des strahlend blauen Himmels bunte Fahnen über den Lautsprechern im Wind.
An einer Seite des Turnierplatzes standen die Zelte und Imbissbuden der fliegenden Händler, an denen es von Reitzubehör über Crêpes und Pommes frites

bis hin zu Kaffee und Kuchen ein vielfältiges Angebot gab. Davor hatten die Veranstalter Bänke und Stühle aufgestellt, die inzwischen bis auf den letzten Platz besetzt waren.

»Tätä, tätä ...« Beim letzten Ton des Trompetensignals fiel das rot-weiße Band, das den Reitern den Zutritt zur Arena verwehrte, zu Boden und fast dreißig Ponys preschten, begleitet von lauter Countrymusik, im Galopp auf den Platz. Der Hufschlag ließ den Boden erzittern und die Zuschauer sprangen begeistert auf.

Julia ritt neben Svea, die eine selbst genähte Fahne mit dem Wappen der Danauer Mühle in die Höhe reckte. Gefolgt von den anderen Teams, umrundeten sie die Arena im Galopp.

»Total krass!«, rief Julia ihrer Freundin über die Musik hinweg zu und strahlte glücklich.

»Sag ich doch!« Svea grinste. Mit einer Hand lenkte sie Yasmin um die Wechsellinie herum und jagte anschließend hinter den Bahnen entlang.

Dann ging es wieder auf die lange Gerade und die Mädchen ritten an den gelben Slalomstangen vorbei auf die Start- und Ziellinie zu. Als die letzte Mannschaft dort angekommen war, verstummte die Musik und die Reiter nahmen ihre Plätze vor den jeweiligen Bahnen ein.

Julias Mannschaft erwischte gleich beim ersten Spiel die ungeliebte sechste Bahn. Diese befand sich unmittelbar vor den Zuschauern und es bestand die

Gefahr, dass die Pferde von den lauten Anfeuerungsrufen und dem Klatschen nervös wurden.
»So ein Pech«, schimpfte Svea, die als Erste reiten sollte, und lenkte Yasmin an die Startlinie.
»Ach was, alles halb so schlimm. Dann haben wir es wenigstens hinter uns!«, rief Carolin. Sie trug das weiße Kappenband, das sie als letzten Reiter der Mannschaft auswies. Sie wollte noch etwas hinzufügen, da verkündeten die Lautsprecher schon das erste Spiel: »Becherrennen!«, tönte es über den Platz.
Svea und die anderen fünf Reiter, die am Start warteten, bekamen einen roten Emaillebecher in die Hand gedrückt, während am Ende der Bahn vier weitere Becher auf eine Tonne gestellt wurden.
Der Schiedsrichter hob die Startflagge in die Höhe und auf sein Kommando galoppierten die sechs Reiterinnen aus dem Stand in die Bahnen. Dort galt es, die Becher während des Ritts auf eine der Slalomstangen zu stülpen.
Svea hatte damit keine Probleme. Sie musste Yasmin nur ein wenig zügeln, schon steckte der Becher auf der Stange und sie machte sich auf den Weg zur Tonne am Ende der Bahn, um dort einen Becher für Julia aufzunehmen. Kopf an Kopf mit einer Reiterin der Zwissauer Mounties, die mit ihrem Falben gekonnt über die Bahn jagte, erreichte sie die Ziellinie und übergab den Becher an Julia.
»Los, Spikey!«, rief Julia und presste die Schenkel an den Leib des Ponys, während sie gleichzeitig ihr

Gewicht nach rechts verlagerte. Augenblicklich galoppierte das gescheckte Pony los. Schon beim ersten Hufschlag fixierte Julia die zweite Slalomstange an und streckte die rechte Hand aus, um den Becher dort hinaufzustecken.

Die Stange kam rasend schnell näher. Vor Anspannung vergaß Julia zu atmen.

Gleich – jetzt – geschafft!, Der aufbrandende Jubel bestätigte, dass es ihr gelungen war, den Becher in vollem Galopp aufzusetzen.

Dann war sie auch schon bei der Tonne und lehnte sich weit aus dem Sattel, um einen Becher für Moni aufzunehmen. Aus den Augenwinkeln sah sie, wie die Zwissauer Reiterin, die mit ihr auf gleicher Höhe lag, bei demselben Manöver die Tonne umstieß und die Becher in einem so weiten Umkreis verstreute, dass sie vom Pferd steigen musste, um sie wieder aufzusammeln.

Grinsend preschte Julia zurück und drückte Moni den Becher in die Hand. Ihr schärfster Konkurrent lag nun weit zurück. Mit etwas Glück würden sie dieses Spiel für sich entscheiden können. Sie klopfte Spikey anerkennend den Hals und lenkte ihn hinter die Neun-Meter-Linie. Dann ließ sie ihn wenden, um das Geschehen auf dem Platz zu verfolgen. Sie wollte Svea gerade etwas fragen, als ein Aufschrei durch die Menge der Zuschauer lief.

»Oh nein!«, rief Svea entsetzt.

»Moni!« Carolin schlug sich an die Stirn.

«Na los, zeig ihm, wer der Chef ist«, feuerte Svea Moni an. »Beeil dich!«
»Nun bring Nikki endlich an die Stange!« Carolin hatte vor Aufregung ganz rote Wangen bekommen.
Julia warf einen Blick auf die Bahn und erkannte sofort, was ihre Freundinnen so in Rage brachte. Nikki, das weiße Reitschulpony, auf dem Moni ritt, weigerte sich standhaft an die Slalomstange heranzugehen. Immer wenn es Moni gelang, ihn ein Stück vorwärts zu führen, machte er im nächsten Augenblick mehrere Schritte rückwärts. Angestrengt bemühte sich Moni, das Pony dazu zu bringen, sich der Stange zu nähern, doch all ihre Versuche blieben erfolglos. Da nützte es auch nichts, dass sie sich halsbrecherisch aus dem Sattel lehnte, um die Stange zu erreichen.
Applaus brandete auf und Julia sah, wie auf Bahn eins und drei die letzten Reiterinnen losritten. Auch das vorletzte Mädchen der Zwissauer Mounties war bereits mit dem Becher für die Schlussreiterin auf dem Rückweg.
»Mach schon, Moni!«, rief Julia, doch ihre Stimme ging im Johlen eines Fanklubs unter, der der Mannschaft auf der ersten Bahn vorzeitig zum Spielgewinn gratulierte und deren Schlussreiterin mit lauten Anfeuerungsrufen ins Ziel begleitete.
»Setz endlich den Becher auf, sonst werden wir Letzte!«, rief Svea, doch Julia bezweifelte, dass Moni sie hören konnte: Inzwischen war auch die Schluss-

reiterin auf Bahn drei auf dem Weg zum Ziel, wo sie mit großem Jubel empfangen wurde.
Der Lärm machte dem armen Nikki schwer zu schaffen. Er bockte und stellte sich so stur, wie Julia es noch nie bei einem Pony gesehen hatte. Moni hatte große Probleme und sah aus, als würde sie gleich anfangen zu weinen. Immer wieder riss sie an den Zügeln, um das störrische Pony nach vorn zu bringen, doch Nikki benahm sich wie ein Dickkopf.
Plötzlich machte er einen Satz nach vorn. Moni, die davon völlig überrascht wurde, wäre fast aus dem Sattel gestürzt, doch sie schaffte es gerade noch, sich oben zu halten. Ein weiterer Satz von Nikki brachte sie unmittelbar neben die Stange, und obwohl sie mehr im Sattel hing als saß, erreichte sie mit einem waghalsigen Manöver die Stange und steckte den Becher hinauf.
»Jaaa!«, jubelten Svea und Julia gleichzeitig, während Nikki wie befreit über die Bahn preschte. Mühelos bekam Moni den vorletzten Becher zu fassen und jagte zurück, um ihn Carolin zu übergeben.
»Carolin, Carolin!« Svea und Julia feuerten ihre Schlussreiterin nach Leibeskräften an. Noch war nicht alles verloren. Zwar hatten drei der sechs Mannschaften das Ziel bereits erreicht, doch die Reiterinnen auf der vierten und zweiten Bahn hatten nun auch mit bockenden Ponys und umgestürzten Tonnen zu kämpfen. Carolin hatte gute Chancen, wenigstens drei Punkte für ihr Team zu holen.

Sie enttäuschte ihre Freundinnen nicht. Geschickt stülpte sie den Becher auf die Stange, schnappte sich den letzten auf der Tonne im Vorbeireiten und trug ihn schließlich als Vierte über die Start- und Ziellinie. »Klasse gemacht!« Julia klopfte ihr auf die Schulter. Dann sah sie, wie Moni den Kopf hängen ließ, und lenkte Spikey neben sie. »Kopf hoch«, sagte sie aufmunternd. »Du kannst doch nichts dafür, wenn Nikki bockt. Er ist nun mal den Lärm und die vielen Menschen nicht gewohnt.«

»Aber Svea und du, ihr wart so gut«, sagte Moni unglücklich. »Und jetzt? Das ist alles meine Schuld.«

»Blödsinn, das stimmt doch nicht. Es liegt nur an ...«

Weiter kam Julia nicht, denn in diesem Augenblick erreichte auch die letzte Reiterin das Ziel und das Spiel wurde abgepfiffen.

»Wir müssen jetzt wechseln!«, rief Svea und lenkte Yasmin hinter der Neun-Meter-Linie hinauf zur ersten Bahn.

»Du wirst sehen, dahinten ist es viel ruhiger«, sagte Julia zu Moni. »Da stellt sich Nikki bestimmt nicht mehr so bockig an.«

Sie sollte Recht behalten. Das nächste Spiel war das Socken-in-den-Eimer-Rennen. Julias Mannschaft ritt diesmal fehlerfrei. Trotzdem reichte es nur zum dritten Platz, denn die beiden Mannschaften aus Zwissau waren eingespielte Teams, die den Parcours nahezu perfekt bewältigten. Auch bei den folgenden Spielen schafften Julia und ihre Freundinnen es nicht, eine bessere Platzierung als den dritten Rang zu erreiten. Beim Abfallsammeln wurden sie sogar Letzte, weil Carolin und Moni große Schwierigkeiten hatten, die abgeschnittenen Plastikflaschen mit dem Stab vom Pferderücken aus aufzunehmen.

»Wir sind Vierte!«, verkündete Svea, gleich nachdem das letzte Spiel abgepfiffen wurde. Offenbar hatte sie die anderen Teams genau beobachtet und insgeheim die Punkte zusammengezählt. »Na, das ist für den Anfang doch nicht schlecht, oder?« Sie lachte und klopfte Yasmin den Hals. »Mal abwarten, wie die anderen beiden Gruppen reiten und wie die Gesamtwertung dann ausfällt. Wenn wir uns im zweiten Durchgang anstrengen, ist sicher noch eine gute Platzierung im Mittelfeld möglich.«

»Nun ja, Achtzehnte von achtzehn werden wir sicher nicht«, meinte Carolin, während sie neben Svea aus der Arena ritt.

»Zum Glück!«, rief Julia von hinten. »Das würde Anita uns noch monatelang unter die Nase reiben.«

»Mann, die hat wirklich keine Ahnung.« Svea lachte. »So ein Turnier macht doch Riesenspaß. Dabei sein ist alles, auch wenn man nicht Erster werden kann.«

»Genau.« Carolin nickte und drehte sich zu Julia und Moni um, die hinter ihr ritten. »Beim nächsten Turnier sind wir auf jeden Fall wieder mit von der Partie.« Sie grinste verschmitzt und zwinkerte Julia viel sagend zu. »Das heißt, wenn sich keiner von uns beim Training verletzt.«

Julia erwiderte das Grinsen, sagte aber nichts. Gut, zu einem Sieg würde es diesmal nicht mehr reichen, aber das hatte auch keiner von ihnen erwartet.
Trotzdem, Mailins Hilfe hatte ihr die Teilnahme an diesem herrlichen Turnier ermöglicht. Dafür und natürlich auch, weil sie nun nicht wochenlang mit einem Gipsarm herumlaufen musste, war sie ihrer Freundin unendlich dankbar. Dass sie zudem auch noch ein unvergessliches Abenteuer in der Elfenwelt erlebt hatte, behielt sie lieber für sich. Das würde ihr ohnehin niemand glauben, und wenn sie jetzt darüber nachdachte, erschien es ihr schon selbst wie ein aufregender Traum.

»Seht nur, Julias Mannschaft hat den neunten Platz belegt.« Aufmerksam beobachtete Mailin das Bild in der silbernen, mit Wasser gefüllten Schale, die vor ihr auf dem Tisch stand. Auf der spiegelglatten Oberfläche konnte man vier Mädchen auf Ponys erkennen, die mit strahlenden Gesichtern die Glückwünsche der Preisrichter entgegennahmen.
»Den neunten Platz?« Enid, die am Feuer gestanden hatte, trat neben das Elfenmädchen und blickte ebenfalls in die Schale. »Nun, wie es aussieht, scheinen sie damit sehr zufrieden zu sein.«

»Das sind sie auch, schließlich war es für alle das erste Turnier«, erklärte Mailin. »Wenn sie das nächste Mal mehr Zeit zum Trainieren haben, werden sie sicher noch bessere Plätze belegen.«
»Das werden sie gewiss.« Enid nickte. »Wenn man sich in etwas übt, kann man viel erreichen.«
»Für Julia und ihre Freundinnen war es diesmal das Wichtigste, dabei zu sein. Ich glaube, sie wussten von Anfang an, dass sie keine Aussicht auf einen der vorderen Plätze hatten.«
»Das ist sehr vernünftig«, sagte Enid. »Wenn sie ausschließlich zum Gewinnen angetreten wären, hätten sie sich nur den Spaß verdorben.« Die Elfenpriesterin ging zum Feuer zurück und wechselte das Thema. »Was macht eigentlich Lavendra?«
»Keine Ahnung.« Mailin zuckte mit den Schultern. »Ich habe sie noch nicht wieder gesehen. Es heißt, sie fühle sich nicht wohl.«
»Ach, wirklich?« Ein dünnes Lächeln huschte über Enids Lippen. »Ich nehme an, die Arme hat Kopfschmerzen. Aber das ist wohl nur die halbe Wahrheit. Vermutlich hockt sie Tag und Nacht in ihrem Gemach und versucht mit Hilfe der Magie herauszufinden, was in jener Nacht geschehen ist, als sie am Rande des Schweigewaldes erwachte.«
»Und?« Mailin löschte das Bild der Reiterinnen in der Wasserschale aus, indem sie hineingriff und ein gelbes Haargummi herausfischte, das Julia in Enids Hütte verloren hatte. »Wird sie es schaffen?«

»Nein. Selbst wenn sie Trollpilze verbrennt, deren Rauch die Macht besitzt, verlorene Erinnerungen zurückzubringen, wird es ihr nicht gelingen«, erklärte sie und fügte hinzu: »Ich habe alles, was irgendwie mit den Ereignissen des Abends zusammenhing, unwiderruflich aus ihren Gedanken getilgt. Du kannst unbesorgt sein.«

»Ich hoffe, Ihr habt Recht.« Mailin seufzte. »Aber Lavendra ist sehr schlau. Ich kann mir gut vorstellen, dass sie nicht eher ruhen wird, bis sie Antworten auf alle ungeklärten Fragen gefunden hat.«

Die Elfenpriesterin schmunzelte. »Na, das kann uns doch nur recht sein, oder? Solange Lavendra mit sich selbst beschäftigt ist, kommt sie wenigstens nicht wieder auf den Gedanken, dir hinterherzuspionieren oder neue Intrigen zu schmieden.«

»Das stimmt.« Mailin erhob sich und blickte zum Fenster hinaus. Draußen war es noch dunkel, doch sie spürte, dass die Sonne bald aufgehen würde. »Ich muss los«, sagte sie und legte die Hand zum traditionellen Abschiedsgruß der Elfen aufs Herz. »Shadow darf heute Morgen zum ersten Mal wieder mit Aiofee auf die Weide. Das möchte ich auf keinen Fall verpassen.«

»Dann will ich dich nicht länger aufhalten«, erwiderte Enid. »Meine Wünsche und Gebete begleiten dich und das Fohlen. Shadow hat in der Vergangenheit so viel Schlimmes erdulden müssen. Ich hoffe, dass er von nun an glücklichere Tage erleben wird.«

»Darauf könnt Ihr Euch verlassen.« Mailin straffte sich. »Solange ich Beria s'roch bin, wird Lavendra ihm nie wieder ein Leid zufügen.« Sie ging zur Tür, öffnete sie und stieß einen leisen Pfiff aus. Gohin, der gerade am Bach getrunken hatte, kam heran und Mailin schwang sich auf seinen Rücken. »Auf Wiedersehen«, sagte sie leise zu Enid, die ebenfalls vor die Hütte getreten war. »Ich wünschte, Ihr könntet mich begleiten und in den Mondtempel zurückkehren.« Sie ballte die Fäuste und ein trauriger Ausdruck trat in ihr Gesicht. »Es ist so ungerecht, dass Lavendra, diese falsche Schlange, Euren Platz einnimmt. Wenn es doch nur eine Möglichkeit gäbe, dem König ihr wahres Gesicht zu zeigen, damit Ihr ...«
»Lass gut sein, Kind«, sagte Enid. »Solch verbitterte Gedanken führen zu nichts. Wir müssen Geduld haben. Früher oder später wird Lavendra einen Fehler machen und der König wird seinen Irrtum erkennen.« Sie hob zum Abschied die Hand. »Jetzt beeil dich, sonst verpasst du den großen Augenblick.«

Quellennachweis

Einige Wörter der Elfensprache in diesem Buch entspringen dem Sindarin und wurden dem Lexikon der Homepage ***www.sindarin.de*** entnommen (mit freundlicher Genehmigung des Webmasters Christian Buzek).

Das Regelwerk, der Auszug aus der Website sowie die Informationen zu den Mounted Games entstammen der Seite ***www.mounted-games.de*** (mit freundlicher Genehmigung des Webmasters Claus-Peter Blohm).